文
景

Horizon

社 科 新 知　文 艺 新 潮

林门郑氏

[马来西亚] 林雪虹 _ 著

上海人民出版社

哀悼郑锦和为了我们

你不要留下我未受哀悼和葬礼便离去，
启程返家园，免得因为我受遣于神明，
而要把我同我的铠甲一起焚化，
在灰暗的大海岸边为我堆一座墓丘，
让后代人把我这个不幸的人纪念。
你做完这些事，再把我的划桨插坟头，
那是我生前和同伴们一起使用的船桨。

——《奥德赛》（王焕生　译）

我应该从去年夏天说起。

去年夏天，外婆过世了。在她弥留之际，二姐在脸书上给我发来一段视频。那是五姨父用手机拍下的长达两分六秒的视频，画面中有我的外婆、二舅、五姨妈和六姨妈。外婆躺在医院的病床上，她的三个孩子围在她身旁。六姨妈一只手举着手机，手机在外婆的枕头上方，一只手时而掀起罩在外婆脸上的氧气罩，让二舅擦拭不断从外婆嘴里流出来的唾液，时而轻抚外婆的胸口。手机里传来一首闽南赞美诗，女歌手哀婉而坚定地唱着“摇啊摇啊，风雨吹不倒，牵我疼我，永远的照顾”，五姨妈在一旁边流泪边跟着唱。

床上的外婆看起来又瘦又小，像一只蜷缩在墙角瑟瑟发抖、枯瘦的老鼠。她不停地喘着气，那声音穿过氧气罩，听起来就像是个男人在喘着粗气。二舅不停地替她擦眼泪和唾沫，她眉头紧蹙，看起来痛不欲生。

其实那时候她并没有患上任何致命的疾病。她只是在逐渐地衰老，然后步入死亡。不过，在生命最后的那几年，她似乎有阿尔茨海默病的症状，记忆和语言频频出现问题，由此闹了不少笑话。

我有六七年没有见过我的外婆了。我很少回乌拉港。即便回去，我也不会想到要去看她。她不住在丹绒加弄已经很久了。丹绒加弄是离乌拉港十五分钟车程的一座小镇，她和外公的房子就在大路旁。如今，当我们开车驶过那里时，依然能看见那间荒废多年的白房子。这些年，听说她拎着她的行李到不同地方住过，有时候是大舅家，有时候是二舅或五姨妈家，有时候是养老院。她只在我们的家住过几天，我的母亲忙于工作，没有时间和精力照顾她，父亲也不喜欢被打扰。

我想她应该不记得我了。她甚至连她的长女都不记得了。我的母亲是她的长女，但她们不经常见面。亲戚们有时候会问她有几个孩子，她会腼腆地笑说她记不清了。“这个人我好像见过。”见到某个孩子或孙子时，她有时候会这样说。对此母亲总是露出一副不置可否的样子，好像她并不在意这些事。

我的那些基督徒姨妈深信外婆在死前遇见天使了。后来六姨妈对我详细描述了那次经历。那是我第一次听见“天使”这个词在闽南语的发音。听起来像是“天赛”。原来“赛”和“天使”的“使”在闽南语的发音是一样的。某个宁静的午后，外婆躺在床上，忽然笑眯眯地举起右手指向天花板。刹那间她的两颗眼珠变得像猫眼那样晶莹剔透，宛若两颗闪烁着微光的绿宝石。

姨妈们知道外婆时日不多了，医生也是这样判断的。外婆的几个女儿和女婿相约回到丹绒加弄的房子，我的父母也去了。父亲戴着一顶墨绿色的帽子在屋檐下为房子的铁门刷上亮黄色的油漆，母亲和姨妈清洗窗帘，将地板和窗户擦得铮亮。他们打算用救护车将外婆送回那座房子，让她在自己的家里度过最后的时光。

他们果真如愿以偿。外婆死在了自己的家里。葬礼就在那里举行，许多亲友都来了。母亲对这一切感到很满意，她坚称这也是外婆的心愿。是啊，他们那一代人向来有落叶归根的观念。“当然是要死在自己的家呀。”母亲高声说道。

我没有参加葬礼。我打电话回家，试图使自己看起来确实是关心这件事的。父亲也劝我不用回去。“那只是外婆，没什么的。你在国外，没必要回来，坐飞机回来是一笔不小的开销。”父亲在电话那头说道。母亲没有说话。我也没有询问她的意见。挂电话后，我松了一口气，因为说实话我没有钱买机票。那时候我刚辞职，新生活才刚开始，一切都毫无着落。

尽管如此，二姐给我发了很多视频和照片，使我感觉自己好像真的就在现场，在亲历外婆的葬礼，虽然葬礼早在几天前就结束了。我在丫曳镇和乌拉港参加过几次葬礼，印象已经足够深刻了。

葬礼上，除了牧师布道，家属也会讲述死者生前的事迹。母亲走上前，讲述了一段她的童年经历。和往常一样，她再次提到了从前的务农生活。那时候她和外婆每天都得到菜园施肥、浇水、拔草，然后收割蔬菜，用塑料绳和橡皮筋把它们捆扎起来。那是一段清苦的日子，母女俩会轮流怨叹日子太苦了，但随即外婆便会安慰起自己和女儿，说到了中午一切都会好起来的，因为她们会去吃冰丸。冰丸是淋了糖浆、用冰沙搓成的小球，日头赤炎炎，吃起来确实很痛快。外婆和母亲会把冰丸放到碗里，倒入白开水，等冰丸融化了，白开水就变甜了。

母亲还提到了外婆对儿子，尤其是大舅的偏爱。外婆把部分卖菜挣来的钱存起来，作为儿子的学费。她认为男孩应该上初中或高中，甚至是大学，而女孩能上到小学六年级就已经足够好了。

所以母亲只念到小学六年级就没有再念下去了。当她想继续上学时，外婆把钱藏在枕头里，缝得死死的，不让她发现。母亲总说她在学校的表现很好，经常名列前茅，还说算命先生曾经预言如果她继续上学的话，她极可能会成为像李金狮那样的大人物。李金狮曾经是我们的卫生部部长。也许李金狮是母亲当时知道的唯一的华裔政治家。总之她想告诉我们她其实并不平凡，只是运气不好而已。

母亲并没有料到她的坏运气尚未就此告终。她不知道外婆去世几个月后，她将再次面对死亡，而且是她自己的死亡。

在乌拉港，我们只有热天和雨天。我很难向你描述清楚那里的太阳（我们称之为“日头”），明净的蓝天，突如其来的太阳雨，还有那无处不在的静止的风。我们的日头总是又高又远，大得叫人无处逃遁。曝晒的日光穿透皮肤和骨头，我们被灼伤，沉默忍受着疼痛。

这样的热天气使所有人都容易生病。我们有各种因热天而出现的病痛，但大多时候它们不会给生命带来威胁。最常见的是上火，人们称之为

“发热气”，症状是嘴唇内侧发生溃疡，喉咙疼痛以致说不了话，生针眼，甚至是发烧或肚子绞痛。还有一种被命名为“猪毛丹”的神秘的病，是比发热气还严重的一种南方的疾病，病人会发烧、困乏、缺乏食欲、口干舌燥、精神萎靡。那个时候，老人们会用热腾腾的水煮蛋擦遍病人的身体。几天后，“猪毛丹”便会神奇地消失。

外婆过身后没多久，母亲便突然生病了。她开始发烧、疲惫不堪和泻肚子。起初，她将这一切归结于前些日子的过度劳累。那些日子她的确终日操劳，先是到医院照顾外婆，然后是操办外婆的丧礼。除了这些事，她还得回到她的裁缝铺里。那时恰好是穆斯林的斋戒月，也是裁缝铺最忙的时候。

母亲去了达兰医生的诊所看病。那里离我们的家很近，穿过三条荒凉的街巷就能抵达。诊所开了许多年，除了接生和动手术，人们仿佛相信达兰医生能治好所有的病。和往常一样，达兰医生开了一些退烧药、止泻药和抗生素，就没有其他的了。

令人措手不及的是腹泻的问题非但没有解决，反而越来越严重。母亲开始焦急、担忧。一天夜里，她梦见外婆，外婆叫她不要害怕，嘱咐她请二姨妈用水煮蛋替她擦身体。

“哎哟，原来我只是生了‘猪毛丹’。”母亲恍然大悟。

二姨妈和二姨父很快就来了。他们陪母亲到城里找专治“猪毛丹”的老医师。老医师七十多岁，在城里一处隐蔽的地方开诊所（我们后来怀疑他并没有行医执照），他们花了很长时间才找到他。除了开药和用水煮蛋擦身体，老医师还叮嘱母亲两周内别吃米饭，只吃麦片或喝汤。

总是要到无计可施或无可挽回的地步，我们家族的丑闻或秘密才会被揭露。一个月后，母亲终于打电话给大姐。她们一起去了城里的私立医院。

医生说那是胆囊结石，只要将石头取出来就没事了。

“哎哟，原来是肚子生石头了。”母亲又一次恍然大悟。

接下来要做的便是敲定动手术的日子。那是十月初，还有一个月，母亲就要去台南参加弟弟的婚礼。那是她人生中极为重要的一件事，她坚持要尽快动手术。她不想错过儿子的婚礼。

手术非常顺利。医生从母亲的胆囊里取出了三颗闪闪发亮、形状不均的灰黑色石头，把它们放在一个透明的小罐子里。但是，几天后医生约见大姐，告诉她在母亲的结石里发现了多得惊人的癌细胞。

为了让母亲安心参加婚礼，我们几个孩子都对她隐瞒了这件事。毕竟我们都还不知道那究竟是什么病，能有多严重。或者说我们并没有意识到癌症的可怕和它即将带来的残酷结局。

旅途中，母亲一直处于紧张的状态之中，不是跌跌撞撞地上卫生间，便是忙着应对各种事情。“你都不知道，我爬楼梯时差点就要跌倒。大便都快‘噗’出来了。”她用一种夸张的语调描述她的旅途。

有时候你不会真的相信她说的话。你们的认知和经验是如此不同，对事物的理解和解释也不一样。何况她还有夸大其词和撒谎的习惯。

“我刚刚拉了三条鱼。”她佝偻着从卫生间走出来，一边用手比画“鱼”的大小，一边说道。

然后她将扔在马桶边的内裤捡起来，摊开给我看。

她越来越消瘦和懊恼。在我们向她揭露她的厄运以前，或者说当癌细胞仍未扩散到足以击垮她的日常生活时，她依然出门购物，到公园运动，以及长时间在裁缝铺里工作。那段日子里，她用松紧带系裤子，以防越来越松的裤子掉下来。为了防止粪便沾到裤子，她将长裤改成七分裤，还扔掉了好几条内裤。

当逐渐失去对自己身体的掌控时，她的生存意义仿佛也在渐渐消失。她的生活好像一下子崩塌了，那些一直以来只不过是极为寻常的事物如今竟成了啃噬生命的猛兽。她开始对自己的身体感到陌生。

“怎么会这样呢？这好像不是我的肚子了。”在二姐开车送她回乌拉港的途中，她低头看着自己的肚子说道。

我们只能不断地安慰她。会好的，一切会好起来的。你这是在排清身体里的毒素。

但我们也逐渐明白这样的安抚是丝毫没有力量的。

后来，当我回乌拉港时，她已经面黄肌瘦，看起来就像一只枯瘦、苟延残喘的母猫。房里只有我们两个人时，我能真真切切地听见从她肚子里发出的沉闷、怪异的声音。那声响听起来有点像是下水道里的水在哗哗地往下流。

“你听，我的肚子又有声音了。”她淡然地对我说道。

几天后，二姐打扫卫生间，惊诧地发现排水口附近除了有一摊稀粪，还有几颗花生米。

在显微镜下，癌细胞有时候看起来是如此美

丽。它们色彩绚烂，粉红色、淡紫色、紫蓝色、棕红色，或者是海蓝色。它们的形状也是多样的，有的看起来像海胆、海绵、火球或深海中张牙舞爪的珊瑚，有的像一幅刚完成的画作，神秘而迷人，让人联想到莫奈的画和宇宙大爆炸。后两样事物喻示的是生生不息和美，而海胆、火球和张牙舞爪的珊瑚只会使我想到毁灭。

我找到了一个展示正常细胞和癌细胞的区别的短视频，发现用“猛兽”或“怪物”这样的字眼形容癌细胞一点都不为过。它仿佛是远古时代一匹脱缰的野马，精力旺盛，且不受任何人控制。从视频里传来了可怕的声音，一开始像是一个人行走在沼泽地，双脚正艰难地从泥里抽拔出来。很快那声音越来越大，乍听之下像是有一头猛兽突然出现在面前。那是一头巨大、陌生的怪物，偶尔发出低沉的吼声，一副伺机而动的模样。

“一切细胞来自细胞”，伟大的鲁道夫·菲尔绍医生在十九世纪五十年代将这个细胞理论发扬光大。通过显微镜，菲尔绍惊奇地发现癌细胞在不受控制地生长，似乎有一股神秘的力量在驱动着生长。它们生长的速度是如此之快，不可遏制地疯狂裂变、增生，数量越来越多，越来越多，多得惊人。

最后这头极具杀伤力的怪物甚至能在很短的时间内夺走一个人的性命，不留任何余地。

知道母亲患了癌症后的头几天，我们所有人都沉浸在一种阴郁、沮丧、失魂落魄的氛围中。一天早晨，我不小心打破了摆在客厅茶几上的中国茶杯和刚买的法压壶。这样的事情极少发生在我身上。我做家务时总是谨小慎微的。

那是初冬。天气渐渐转冷。夜里，我蜷缩在床上哭泣。夏木躺在我身边。

“癌症到底是什么？”我问。

“众病之王。”他思索了一下，然后回答。

对于癌症，我几乎一无所知。从来没有人告诉我那到底是什么。

很久以前，人类并不认识它，即便它早已存在。公元前二六二五年，古埃及医师印和阗记述了包括肿瘤在内的四十八个病例，对每个病例做出了描述、诊断、总结和预后。肿瘤是印和阗的第四十五个病例。印和阗写的是乳腺癌。他称之为“肿块”，并将之比作未成熟的河曼果，摸上去又凉又硬。后来，古希腊医生克劳迪亚斯·盖伦说癌症是黑胆汁淤滞所致，因为被困在身体的某个地方无从宣泄，所以凝结成肿块。希腊人相信人体主要由血液、黏液、黄胆汁和黑胆汁四种液体构成。

另一个由黑胆汁淤积不化导致的疾病是抑郁症。这种疾病也已经存在很长时间了。

黑胆汁。黑色。淤积不化。抑郁。这些词语立即使我想到母亲的婚后生活。她一生中有很大一部分时间是活在压抑、忧心忡忡和恐惧之中的。她需要同时经营她的裁缝铺和家庭生活。她有五个孩子，而工作挣钱的只有她一个人。父亲继承了爷爷的遗产后，突然有一天对赌博产生了兴趣，导致我们的生活并没有像预期的那样变得越来越好，反倒是朝着另一个方向无声而残酷地发展。

他似乎是一个强势而懦弱的男人，无法控制

自己的情绪，经常暴跳如雷，遇到意外时却总是能表现出镇静自若的样子，甚至看起来漠不关心，令人不得不对他的冷静产生怀疑，怀疑他只是拙劣地将恐惧和焦虑深深隐藏起来。

大姐陪母亲走进医生的办公室时，父亲拒绝和她们一起进去。

“哪里需要那么多人？”他说。

弗朗西斯医生的年纪比母亲大得多。就像我们所认识的那些印度裔医生那样，他说着一口流利的英语和马来语。大姐坐在弗朗西斯医生和母亲中间，把医生的话翻译成闽南语，说给母亲听。

“是不是我没有照顾我的母亲，所以现在轮到我生病了？”母亲问医生。

“医生，我很害怕，我不想死。”紧接着，母亲惶恐地说道。

她摊开双手，端详起自己的生命线。

“算命的说过我可以活到九十三岁的。”一阵沉默后，她幽幽地说道。

该如何向她描绘那些肉眼所看不见的东西？

她可能都不知道“癌症”这个词。在她的认知里，癌症确实是存在的，她在不同场合听说过它，也曾经对我们提到过它。但那只是别人家的事情，没能引起我们更多的关注或共鸣。我们只是旁观者，事不关己的旁观者。

在我们的语言系统里，“癌症”这个词总是被它的英文词汇“cancer”取代。“秀莲的婆婆得cancer了”，“他的阿公得cancer死了”，人们是这样使用这个词的。

中文或英文，无论哪一个都会吞噬人的生命。“癌”有三张口，而“cancer”原来是“karkinos”，是希腊语的“螃蟹”。有人说癌症带来的刺痛感就像是突然被螃蟹夹到的感觉。那是一只身上含有剧毒的螃蟹，走路悄无声息，横行霸道。

但很多时候癌症在最初的阶段是没有疼痛或征兆的，至少母亲所患的胆囊癌是这样的。

胆囊是位于右方肋骨下、肝脏后面那个长得像梨的囊袋，用作浓缩和储存胆汁。当食物经过十二指肠时，十二指肠黏膜会受到刺激，从而产生缩胆囊素，使胆囊收缩，将胆汁排入十二指肠，以溶解脂肪和酒精。

溶解脂肪。那么，母亲吃下含脂肪或带油的食物后多次拉肚子，是否意味着那个时候她的胆囊其实已经丧失功能，而她自己却还不知道？

是啊，就像隐藏得如此深，这么小的一颗胆囊，她又怎么会知道这样泻肚子意味着什么。她的肠胃一直不太好，还有严重的胃病，我们对此早已习以为常了。再说我们的生活总是过于忙碌，被各种事情缠绕，她的身体永远不会是生活的重心。我甚至都没能照看好自己。

几天后，夏木带回来一本奶白色封面的厚书，封面上有一堆五颜六色、漂亮的小圆球堆砌成的一个人形，那个人像是在迈出步子，准备朝前走。

“这就是我对你提到的穆克吉的《众病之王》。”夏木说。

《众病之王：癌症传》。悉达多·穆克吉试图为这种可怕的疾病立一个活生生的、有血有肉的传记。他做到了，而且做得非常出色。

我迅速地翻书，试图找到那个在我们的生命中第一次烙下如此深刻、痛苦的印记的词语：胆囊癌。我读到了诸如此类的词语——永生、异常、极端、失控、变态、疼痛。“成千上万”“数以百万计”“上亿”这样的字眼也频频出现，那是穆克吉在形容癌细胞的数量时所使用的词汇，我眉头紧蹙，胸口发闷。一种无力感随之袭来。

我只找到“胆囊”这个词。一八八二年，美国的医生威廉·斯图尔特·霍尔斯特德在餐桌上为他的母亲移除感染的胆囊。那是美国历史上首例胆囊移除术。对此穆克吉没有更多的描述，因此我们无从知道霍尔斯特德的母亲患的是什么病，以及后来她怎么样了。

事实上，如果那个女人患的是严重的胆囊癌，我猜想她存活的时间并不会很长。胆囊癌的预后是很不理想的。很少有人能存活超过五年。如果发生转移，病人极有可能只能活半年或一年。

我们谁都没有告诉母亲这个事实。不要紧，

一定会好起来的，我们总是这样对她说。我们都无法数算自己和他人的日子。

父亲和母亲对命数和占卜深信不疑。一个午后，母亲在病房里，父亲突然走进来，手里拿着一张从丫曳镇的拿督公庙求得的灵签。

福禄自有庆家门，花果结实无残谢。

任君此去作乾坤，绿柳苍苍正当时。

母亲让我解释签文。如今看来这是一支吉签。可是我当时却感受到一股不祥的气息和深深的孤独感。“任君此去作乾坤”。这是否在暗示母亲很快就会离开这个世界？

那是我和夏木最后一次见她活着的样子。启程去机场前，我拿出手机拍下她的身影。那段日子里，我经常这样做。她睡得很沉，脖子以下都深深藏在乳白色的被子下。她没有眉头紧蹙，嘴巴轻轻闭着。那表示她的身体当时并没有疼痛或不适。她只是疲倦地沉睡着。

病房里弥漫着一股消毒水的气味，还有一股很深的孤独感。消毒水的气味和孤独感一起笼罩着病房。这是从始至终都存在的一股极其强烈的孤独感，我后来在她的葬礼上也感受到了。我想她确实一直处于一种孤立无援的景况之中，觉得自己被世界遗弃了，这或许也是所有癌症病人走到最后关头时都会有的感受，一种真切而立体的感受，如此强烈，病人如一头困兽深陷其中。

她独自面对这一切。只有病人才能真正感知到疾病，与正在侵蚀自己的疾病面对面。当她低下头或望着前方时，那景象对我们来说都是痛苦不堪的。刺痛的悲恸感会忽然涌现。刹那间我明白“悲从中来”的真正含义。对未知的死亡的恐惧会牢牢攫住我。

遗憾而残酷的是，这一切都是在病人离去以后才产生的感觉和理解。

母亲离世后不久，妹妹在脸书上写了一篇悼念她的帖子。她恍然想到原来去年的这个时候，她和母亲在各自孤军奋战。那时她刚从大学毕业，艰难地也是幸运地留在了新北市，忙着搬家和找工作，同时还在手摇饮料店兼职。在遥远的乌拉港，与这些事平行发生的是外婆逝世、亲友们筹办葬礼以及母亲生病。

所有事情仿佛是生活这张薄网上纵横交错的丝线。一条又一条的线错落有致地被缝制成一张命运的帷幔，我们的交集点越来越少。

那些日子，我在更遥远的一座城市里过着和乌拉港的生活截然不同的日子。当癌细胞在母亲的身体里野蛮生长时，我能真切感受到一股强大的力量在我体内涌动。那股力量同样也是神秘而迷人的。然后，冬天来了，一切像是进入冬眠那样忽然停滞。我那充满诗意和假象的生活就这样破碎了。

我打电话回家，尽量以一种乐观、充满活力的语调和母亲说话。其实我很少打电话给她。但那些日子里，我尽可能频繁地打电话回家。最初的那几次通话，她的声音听起来跟平时没有太大区别。她的语速有点快，声音总是很大。我们怀疑那是因为她听不清从电话里传来的声音，以为对方听到的也是同样不清晰的声音，所以故意提高声量。但有一次，她的表现和往常不一样。起初我们还是像平时那样聊到她的近况。她告诉我她的饮食和作息，还有她在等医院的通知。主治医师还在和其他医生讨论该不该对她进行化学药物治疗。

“不知道为什么会这样……”她的声音突然变小。她说的是不知道为什么她会生这样的病。

我还没来得及做出任何反应，她就直接挂掉了电话。

我听见她在哽咽。但我没有再打回去。

母亲的主治医生维娜女士在和其他医生讨论该不该让母亲接受化疗。在这之前，弗朗西斯医生已经将母亲颈部肿大的淋巴结切除。那是癌症恶性转移的征兆。母亲脖子上的三颗蚕豆状的颗粒，仿佛三只瘦小却孔武有力的困兽挣扎着从她瘦削的锁骨对它们的囚禁中逃脱。

淋巴结切除手术并没有见效。母亲体内的癌细胞仍在继续野蛮生长。难以想象它们疯长的速度。你压根儿赶超不了它们。

母亲没有为自己买保险。年轻时，她是有保险的。但后来出于某种缘由，她没有继续付保费。也许是因为她急需用钱，连缴保费的能力都没有了。她经常处于缺钱的困境之中，毕竟她有五个孩子，总是有需要钱的时候。也许是她被骗了，于是不再继续缴保费。

没有保险意味着你只能去公立医院。这也意味着这将是一场漫长的等待和折磨。医院里有无数的病患，时间和治疗对每个人来说都一样重要。弗朗西斯医生是私立医院的医生，他建议母亲在他的医院接受化疗。另一家私立医院的阿敏医生也打电话来建议我们将母亲送到他那里。

我们没有这样做。私立医院的费用过于高昂，我们根本无法负担。不可能让姐姐和弟弟将他们的房子卖了，毕竟他们还需要负担自己的生活，而我和妹妹则没有产业可以变卖。

母亲在弗朗西斯医生的医院做胆结石手术。诊断出她患有胆囊癌后，弗朗西斯医生立即切除了她颈部的淋巴结。如今我们要将母亲从私立医院转到公立医院，公立医院没有母亲的病历，维娜医生虽然参考了弗朗西斯医生的诊断报告，却还是推倒重来，检查母亲的身体，以确保检查结果无误。

“说不定弗朗西斯医生看错了。”在等体检报告时，母亲说道。

结果是诊断报告和弗朗西斯医生的丝毫不差。维娜医生和其他医生商议是否该让母亲接受化疗。还有，母亲的体质变得非常差，即便可以化疗，她的身体恐怕会承受不住。

维娜医生说她的体重至少必须达到四十七公斤。

那段日子里，母亲吃得很少，还不停地泻肚子。虽然医生说她需要强迫自己吃东西，但她仍然吃得非常少。不过，在电话里，她并没有告诉我这个事实。

“我今天喝了一碗蔬菜粥，放了很多蔬菜呢。”她会兴致勃勃地对我这样说。

很快我们便发现真相。在等候医院的消息时，她缺乏食欲，却悄悄地吃当时流行的豪猪枣。

听起来吃豪猪枣在乌拉港并不是件新鲜事。母亲说她那患癌症的表哥因为吃豪猪枣而痊愈了，现在还经营起卖豪猪枣的生意。

“这就好像赌博，要搏一搏啦。”表舅对母亲说。

豪猪枣是长在豪猪身体里的圆滚滚的肉球。听说只有受过伤的豪猪才会长枣。受伤的豪猪在深山野林里寻找药草治伤，吞下的药草有的无法化解，便会留存在体内，时间一长，就成了含有药性的肉球。豪猪枣滞留在豪猪体内的时间越长，体积就越大，大到像拳头那样。

猎人在森林里捕杀豪猪。他们将豪猪刺死，剥开豪猪皮，然后在内脏里找枣。如果找不到，猎人会转而在豪猪身体的其他部位找。有时候枣会藏在头颅里，那便是价格不菲的“脑枣”。

一只只死去的豪猪躺在泥地上，周围是枝繁叶茂的树林。树木参天，阳光穿透过树叶，落在地上，叶影显得斑驳而细碎。不远处有啄木鸟在叫，“我说……我说……”，然后是一阵急促的声音，像是一个女人在笑，笑声富有节奏地向上扬。

我很少到森林里去。我的那些关于森林的常识或印象很多是从教科书或纪录片中获取的。最近我在读奈保尔的《抵达之谜》，读到奈保尔描写他多年的庄园生活。庄园在一个河谷中，位于英国西南部的威尔特郡，离索尔兹伯里不远。奈保尔多次提到山毛榉树、紫杉、野兔、防风林、丘陵和湿草甸。我阅读并想象奈保尔笔下那个河谷的风光时，脑海里会浮现出南洋的热带雨林。我想起乌拉港的那片森林，那是一座被保护的自然公园，我在儿时和少年时代曾去那里探险。公园外贴了张告示，告诉游客可能会在森林里遇见哪些动物，鳄鱼、马来熊、巨型蜥蜴、银叶猴、穿山甲、各种颜色的螃蟹、马来犀鸟，甚至还有马来亚虎！

人们到森林里或海里寻觅各种能治病的动物，攫取犀牛角、虎鞭、海龙、牛黄、蟾蜍和熊胆。如今是豪猪枣。一颗颗神秘的肉石从一只又一只的豪猪体内取出。日头之下，豪猪双眼紧闭，抿着的嘴唇像是在微笑，面容看起来如此温柔。

那样一颗东西使母亲突然对未知的前景充满希望。她显然对它的功效深信不疑。难怪那阵子父亲经常开车载她去找她的表哥。后来，当她听说家族里还有其他人在吃豪猪枣时，她就更加坚定和自信了。

“如果那时候没有吃豪猪枣，我哪里能撑到现在？”在一次回忆中，她先是沉默了一下，然后这样对我说道。

日复一日，我们逐渐习惯于等待或对一切感到漠然。在那些寒冷的冬日里，除了母亲，所有人似乎都在过着一种经过精心策划的生活。我的二姐和她的朋友来中国旅行了，我和夏木在工作之余陪她们游览了天津和上海。我们从来没有这样频繁旅行过。我的弟弟和妹妹都在台湾，妹妹大学刚毕业，幸运地在新北找到了工作。我的大姐不住在乌拉港，她所在的城市离乌拉港有一个小时的车程。那个月里，她每周都回乌拉港看望母亲。

我们姐弟妹很少见面。那段日子是我们交谈最频密的时候。我们在脸书上说话，然后私下里又对其中一两个人倾诉，倾诉更多的想法或秘密。

这个家族似乎总是在分享和揭穿秘密。从小心翼翼地守口如瓶到秘密被泄露之间隐藏着一股危险的暗流。很多时候，我们确实能做到不让秘密被发现（其实往往只是不被当事人知道秘密已经被泄露）。但更多时候，我们只是装作不知晓真相或漠视令人伤心、失望或愤怒的一切，而这样做对我们来说无疑也更容易。

乌拉港的房子越来越安静。起初母亲还会在她的裁缝铺工作。她没有接新的裁缝活计，只是尽可能完成手头上的活儿。

“迟些我就要去医院化疗了，要快点把这些衣服做好。”她说。

那些日子，房子的门一直是紧闭着的。当有人拎着布料上门时，父亲会告诉对方母亲生病了，暂时不能工作。这种事以前未曾发生过。母亲的一些老顾客会心生疑惑或感到诧异，于是他们手扶铁栏，向屋里张望，甚至是呼唤母亲。

随着身体越来越差，精神越来越萎靡，母亲的身影也越来越少出现在她的裁缝铺里。

大多时候母亲对那些客人的叫唤是置之不理的。她坐在躺椅上，用一条手帕盖着自己的脸，偶尔头微微歪着，一只手同时按着手帕和扶着头。当一阵穿堂风吹来，手帕的一角被吹掀开，她那张黝黑、憔悴的脸和紧皱的眉头瞬间便暴露无遗。那时客厅幽暗，只有一束从厨房的百叶窗照射进来的阳光。阳光穿过厨房，抵达客厅时只是一道微弱的光。

她偶尔会抬起眼，对站在铁门外的客人说话。那时候站在门外的一定是一位熟客或老朋友。她叫父亲把门打开，让客人进来。

“我病了，不能做衣服了。”她有气无力地说道。

“发生什么事了？你怎么瘦成这个样子？”

“我刚动过胆结石手术，还没完全康复。”

客人走后，母亲又沉入房子的死寂之中。

一天中午，母亲没有在躺椅上休息，而是在弟弟的房间睡觉。她发烧了，整个人昏昏沉沉的。

她突然醒过来，意识到已经是中午了，父亲却没有在厨房做饭。从裁缝铺传来不间断的像是机器轰鸣声的噪声。

母亲挣扎着从床上爬起来，佝偻着身子走到裁缝铺。地上有一台启动了的吸尘器，正对着空中发出单调、可怕的声响。吸尘器旁边是母亲裁剪衣服的巨型桌子，父亲正蹲在桌子旁烧东西。他的面前放着一个垃圾箱，脚下有一叠纸，被点燃的纸变成乌黑色的灰烬，正缓缓地飘落到垃圾箱里。

“你在做什么？”母亲问父亲。

她很快便发现那堆纸是银行寄来的供房证明、

弟弟过去寄给她的信件和母亲节贺卡，以及这些年来她汇钱给在国外的孩子的汇款单。这些东西一直被藏在她和父亲的房间里，那张僵硬的双人床的抽屉里。

“别以为我不知道你的东西收在哪里。我什么事情都知道。”父亲说。

“你为什么烧我的东西？”

“你还以为你有多了不起。”

屋里渐渐弥漫着一股淡淡的烟味，风继续将飘浮在空中的灰烬吹落到地上。

母亲在那天夜里因为发高烧而入院了。夜半时分，大姐和姐夫开车到乌拉港接母亲去城里的医院。在他们赶到之前，父亲将白天的那些灰烬打包起来，扔到屋后的垃圾堆里。

母亲在医院住了几天。一天午后，父亲和大姐去看她，她从床上坐起来骂父亲。

“我嫁给你四十年，你从来没有给我钱，连我供的房子也要抢走。”

那是母亲第一次骂父亲，她从来没有这样勇

敢和决绝过。那短暂的片刻里，父亲竟然出乎意料地沉默。他坐在椅子上，背对着所有人，不发一言地望着窗外。

母亲并没有将那天的事说出来。晚上，我打电话到医院找她。病房里只有她一个人。听起来她精神很好，精力充沛，说话的声音和平时一样大。她一接过话筒就带着一种既紧张又神秘的口吻对我讲述那个白天所发生的事。

“人家说我得的是血癌，也不知道是不是真的，你说该怎么办好？”她匆匆忙忙将那天的事描述完后，突然有点黯然地说道。

“不是啦，是胆囊癌，是胆那里有细菌了。”我解释道。

“也不知道还要等多久才能化疗，这么慢。”

“你都不知道他有多坏，真的很坏。”紧接着她又回到之前的话题。

我强忍着泪水，尽可能和她以同样大的声量和一样坚定的语气说话。

“你不要管他，这个时候最重要的是你的身

体。你还有很长的日子要走，你将来是要享福的，所以最重要的是你身体健康。等医院那里通知了，我就回去陪你化疗。你不要管他。”

一周后，母亲收到维娜医生的通知，说化疗可以开始了，而且越早越好。我迅速订机票和处理所有家事。四天后，我踏上了回乌拉港的漫长归途。

飞机在早晨七点四十五分降落在吉隆坡。走在登机口廊桥上可以看见停机坪上井然有序的劳作和不远处的风景。延绵不绝的葱茏的山林和柔和的地平线。空气有些许潮湿和混浊。我在机场里的通讯营业厅为手机充值，还去了钱币兑换处换钱。吃过早餐后，我到药妆店买润唇膏。因为回来是几天前才做的决定，我在很短的时间内处理了不少事情——换洗所有床单和脏衣服、打扫房子、为夏木准备水果和零食、收拾行李、为新专栏搜集资料，结果还没启程就已经精疲力竭，嘴巴溃疡，嘴唇又干又疼。我急需一支润唇膏。

这里离乌拉港有两个半小时的车程。我先乘出租车到大姐的家，然后才和大姐一起回乌拉港。大姐的家在吉隆坡和乌拉港之间的一座城市。一路上，司机和我都沉默无语。他看起来昏昏欲睡的。我一直看着窗外的风光，那些葱郁、深绿色的树林和园丘是我从前坐车时很喜欢看的。有时树林和园丘深处会有一两座简陋的房子，房子外会有土狗、鸡群或游戏的孩子。偶尔甚至会有一头枯瘦、脏兮兮的奶牛或白山羊。我沉浸在这样的景色之中，能准确地从中辨认出一种独特的气息。故土的味道。我深深迷恋这种感觉。

回到乌拉港时，阳光已经非常猛烈。车子停在家对面的那棵人参果树下。我穿过马路，从阿莲的理发厅的黑玻璃门看见自己的身影。星期天午后，整座镇子都笼罩在一片慵懒、宁静的空气之中。日光之下，玻璃门上的身影看起来疲惫又干瘪。我们的家在二楼，前厅是母亲的裁缝铺，后面才是我们的生活空间。客厅和卧室长年是幽暗的，午后常常会有一阵过堂风吹拂而过，吹过房子里那些经年累月的哀伤、愤怒和叹息。楼下是阿莲的理发厅，已经开了十几年了。每次出席婚宴，母亲都会先到那里烫头发。她偏爱卷发，总觉得直发给人一种颓靡的感觉，不够雅致。

母亲在弟弟的卧室里。她坐在床边，脚边放着一个蓝色的水桶。她刚刚往水桶里呕吐过。我一进去，她就抬头看了我一眼，说了句“阿虹回来了”，然后低下头，不停地轻抚自己的胸口。她瘦了许多，瘦得惊人，锁骨像被一对钩子钩着，背部佝偻着，连抬头都似乎有点吃力。房间里弥漫着燠热、绝望的空气。地板上放着一堆成人尿布、一个黑色的行李袋和从前母亲从酒店拿回来的洗漱用品。

“来，我收拾要带去医院的东西。”我以一种轻松的口吻说话，没有将目光停留在她的身体或脸上。

“在医院也要用好一点的东西，穿美一点。”我把新买的牙刷和睡衣放进行李袋里。

“明天出门我要穿这件。这件也要带去。这些都是大姐买的。”母亲一边有气无力地说着，一边整理床上的那叠衣服。

我为自己能长久保持精力充沛和乐观感到满意。这也是我一直试图在家人面前展示的样子。积极向上，勤奋，甚至没有低头或失败的时候，你必须自力更生。你别无选择。

四天前，当维娜医生说母亲的体质足以支撑她接受化疗时，我给刚从诊室出来的母亲打电话。她的体重终于达到四十七公斤了。我们商定好下周一就开始，我会陪她去医院。见维娜医生那天正好是母亲的生日，她为这个好消息感到高兴，认为这是个好兆头，是天公在保佑她。

“阿虹陪我最好了，她的八字跟我很合。我生下她后，家门口突然就有了 pasar malam，生意一下子旺起来了。”母亲对大姐说。

她说的 pasar malam 是我们丫曳镇的夜市。那是裁缝铺最风光的年月，逛夜市的人有的会上门定制衣服，等下回逛夜市时再来取制作好的衣服。“那衣服呀，挂得满满的。”母亲刻意强调。

其实我们谁也不真正相信生辰八字这种东西。母亲是完全相信的。以前我们总是对她的信仰嗤之以鼻或不置可否。我们会调侃、讽刺她，会强调自己和她不一样，不像她那么迷信。但眼下我只想对一切表示尊重或保持沉默。

房里只剩下我们两人时，我递给母亲一个印着财神画像、装有五百元的红包。“这是夏木给你的，保佑你化疗平安。这上面印的是财神爷哦。”我说。

“谢谢啊。”母亲双眼突然炯炯有神，“是财神爷呀？”她把红包放进钱包里。钱包里还有一个装有一枚观音坠子的小布袋。

“二姐叫我不要戴这个观音。我偷偷把它藏在这里了。我要带去医院。”

我们很快便收拾好行李，还准备了一张薄薄的床垫，因为我会陪母亲在医院过夜。整个下午我都没有露出一丝倦意。我其实又热又累。后来我还和姐姐们去了丹绒加弄的公立医院咨询紧急入院的事宜。维娜医生嘱咐我们要有附近医院的联系方式，以防万一。可是医院说他们无法接收癌症病患，他们只是一家小型医院。于是我们要了救护车的联系方式。那时候我们总以为母亲会在某天夜里病情危急，需要即刻被送往城里的医院。

从医院回来的路上，我们经过外婆的家。那座有着蓝色瓦房顶的白房子已经荒废许多年了。屋外的那片空地曾经养了一群鸡鸭，母鸡经常领着小鸡到处转悠，老黄狗懒洋洋地趴在那里看着它们。外公和外婆的葬礼都在这座房子里举行，这也是母亲希望发生在自己身上的。落叶归根。但她要的不是回到这座房子，而是回到我们的房子，在自己的房子里告别这个世界。

我们到对面买椰子冰沙。“最近流行喝这个。葬礼那两天我们都跑来买，天气热死了。”二姐说。

我想象在外婆的葬礼上，我的姐妹和表弟妹们一起喝冰沙的情景。苍蝇围着冷饮摊的糖浆和炼乳团团飞转，天气格外燥热，除了眼前的冰饮，没有什么是值得期待的。马路对过就是灵堂，你轻易就能闻到生和死的气息，它们是如此强烈，相互角力又融合，总像是在试图击垮对方。我们的葬礼就是这样的一座战场。

我已经忘记那天晚上我是如何度过的。我想那天夜里我一定睡得很沉，毕竟一回来就做了那么多的事，还去了医院和外婆的房子。从乌拉港去丹绒加弄会经过雪兰莪河，过桥时能看到不远处的落日和灯塔。在日光下，那座灯塔总是白得迷人。夕阳西下，河面闪烁着金光和银光，墨绿色的河水深不见底。每一次过桥，我都会有一种恍如隔世的感觉，从前的时光好像随着河水倒流了过来，那些幼时的、少年时代的生活片段会不断涌现。我会茫然、伤感地想捕捉它们。但它们很快就会消失，在过桥之后便消失得无影无踪。过了这座桥，你就回家了。回家意味着面对更多的伤痛、挣扎、搏斗与妥协。那是真正的生活，真实、苦涩、残酷，带有冒险和试探的味道。至少对你来说是这样的。

回到自己出生的地方是一种微妙的体验。起初你或许只会对这个地方感到陌生。对你而言，它带有陈旧却又充满新鲜感的味道。一切是如此新奇，正等待你去探索和追问。你缓缓地向前走，去感受它带给你的一切感觉。惊异，茫然，不可思议，伤感，漠然，顺从。

我在这家医院出生后就再也没有回到这里。这里也是母亲接受化疗的地方。我第一次回到这里正是母亲第一次接受化疗的时候。那天早晨，父亲、母亲和我三个人从乌拉港出发，先去大姐的家，然后大家才坐维杰先生的车去医院。维杰先生是一个印度司机，为了挣更多钱和更自由，他不再向出租车公司租汽车，而是用自己的车载送客人。他的车很干净，空调机永远不会发出恼人的声音，车里还飘散着混合了清幽的汽车香水和香粉的气味。

母亲在她的座位上垫了一条薄薄的浴巾。“我现在太瘦了，坐久了屁股会痛。要坐这么久。”她说。

那天早晨的空气清新又湿润。在驶向城里的路上，我们三个人先是沉默了一会儿，然后才开始交谈。我被倦意和怨毒的情绪笼罩着。再过几天，妹妹也会回来，到时候我们会一起陪母亲去医院。这件事令我感到愤懑，因为我回来除了为了陪母亲，也是为了减轻姐妹们的负担。除了我，所有人都在全职工作，而且妹妹才毕业不久，刚上班几个月。我们说好轮流照顾母亲，她春节假期再回来，这样就不会耽误工作。但很快她便因为受不了弟弟的指责而改签机票，被迫提前回家。

"大家轮流回来就可以了，阿祥还叫阿妹提早请假回来，现在一下子两个人都回来了。"我说。

"阿祥叫阿妹提早回来了？不用啦，一下子那么多人做什么？"母亲说。

"他说阿妹啊，一直说她，叫她一定要回来。"

"哎哟，我哪里知道他会这样。他就是这样，喜欢吩咐人做这做那。"

我没有停止抱怨。即便默不作声，寂静的空气中仍然弥漫着怨毒的情绪。

“不要跟自己的兄弟姐妹不和。爸爸就是不想看到你们这样。”抵达大姐的家时，父亲突然开口说话。

我强忍着没有让眼泪流下。我感觉屈辱和不忿。

“你自己都跟兄弟姐妹不和了，凭什么说我？”我在心里愤愤地说出这句话，然后不动声色地下车，将母亲的东西搬到维杰的车上。

吉隆坡医院位于彭亨路上，它的历史很悠久，在我们的国家还是英殖民地时就已经建成。最初它只有三间病房，后来增加到八十三间，一共有两千三百张病床。这里只有一个助产士，我在想她会不会就是当年替母亲接生的人。不，不是她。母亲生我时并没有什么助产士，接生的是妇产科医生和几个护士。如果是助产士，母亲应该会告诉我的。我只记得她曾经抱怨护士不怎么和善，缺乏耐心。

我不知道医院是否还有其他的门。后来每一次去那里，我都从那扇有着巨大牌匾、像是医院正门的入口进去。从那扇门进去，要先上一道斜坡，经过急诊部，再走一会儿便抵达肿瘤科。急诊部是一个令人恐惧的地方，我屏住呼吸，表现得庄重、小心翼翼，克制自己不盯着那些从救护车上被抬下来的伤者和在附近徘徊、焦急或失魂落魄的家属。

母亲的病房在二楼。这是二等房，被一块绿色的帘子隔成两部分，每一边有六张床，每张床的上方都有一台吊扇。这里有很多东西是绿色的，墙壁、能将整张床围起来的帘子、墙上的告示以及所有人的病号服。护士很快就过来为母亲测量血压和体温。

瞬间，我们所有人都沉浸在一种积极向上的情绪之中。在路上时的那些怨恨、争执和沉默突然之间消失了。一切是如此新奇，正等待我们去探索和追问。一切也正等待我们去承受。

我们看着护士张罗一切。尔后我们才得知原来化疗会在第二天上午进行，化疗前一天需要做的是检查病人的健康状况。在母亲测量血压时，我四处张望，发现病房里并没有我可以睡觉的地方。

结果那一天我和母亲都在医院附近的酒店过夜。护士准许我们第二天一早再回到医院。所有人对这样的安排都很满意。

父亲和大姐回家了，留下我和母亲在酒店里。洗过澡后，母亲要我为她照张相片。她坐在床上，双手交叉放在腿上，露出修长、枯瘦的手和左手腕上的手表。她穿着我从北京带回去的粉红色格子睡衣，因为怕冷，她在睡衣外加了一件粉蓝色的针织外套。我也有一套一模一样的睡衣，那是我冬天经常穿的。在她离世后，我将她的睡衣留在了乌拉港。自从生病后，她衣服的尺码小了许多，我穿不下她的衣服了。我们的体型原来是非常相似的。

凌晨，她醒过来，在浴室里狠狠地吐了起来。洗手池堵塞了，淡橙色的水面漂浮着一层油，散发出一股混杂着各种腐臭的食物的气味。我站在门边，透过虚掩的门望着她。

后来她就没有再睡，而是不停地和我说话。整个晚上，她几乎没有停下来，有时是在追忆某件往事，更多时候是在描述她曾经如何因为轻信别人而受骗。当时我正坐在床上写稿，那是为我的新专栏写的，我为有这样的机会而激动不已，决定无论如何都要全力以赴。

我极度疲倦，母亲却亢奋地说个不停。我尽可能地将目光从计算机屏幕转移到她的脸上，偶尔提出几个问题，并以微笑、叹息、蹙眉或点头响应她的故事。

“你写吧，我不吵你了。”这句话她至少说了三遍。

忽然，在谈到某件毫不相关的事时，她说了这么一句：“找别的工作，不要写了。”

我没有理会她。我早已习惯对那些忠告和建议一笑置之。我总是能应对自如。

过了很久，我才发现原来自己很在意那句话。或者说是曾经很在意。它含有忧虑、轻视和不信任的意味。在沮丧、挫败感不断来袭的时候，这句话足以击倒和摧毁一切。可悲的是这样的时刻很多，只会令人更加无望和脆弱不堪。

那个在酒店的夜晚对我们来说是充满意义的一个晚上。白天，我第一次回到我出生的地方，而那也是母亲迈向她的死亡的第一天。往后的化疗只是使她的健康每况愈下，意志力也不断被削弱。这也是我们母女两人唯一一次在一间房间里过夜。我们度过了漫长、煎熬的一夜。那个夜晚，我正在为我那举步维艰的写作生涯心烦意乱，她或许也正在对第二天要接受化疗而担忧、紧张不已。这很可能是她不停地说话、表现得精神亢奋的缘故。如今看来，白天我为她照的那张相片显得格外珍贵。她端坐着，双腿并拢，郑重其事地对着镜头微笑，看起来温顺、腼腆，还有一丝紧张。照相之前，她还说要将照片拿给她的弟弟看。我想那时候我们都对自己的生活和未来产生了极其强烈的无力感。我们只是没有说出口而已。

这说来有点荒唐和玩笑的意味。第一次化疗

时，母亲竟浑然不觉。她以为那只是在打点滴。当时她正和王秀英坐在床上说话，聊得格外投入。她们坐的是她的床，最靠外的那张，离护士的办公桌很近，护士偶尔会抬起头来，提醒她们放低声量。母亲的声音确实很大。

王秀英下午刚来过，这会儿又来了。她的床在病房另一侧的角落，和母亲的床相反，是最靠里的床位，旁边就是那扇绿色的百叶窗。上午，母亲到医院后不久，一次在去卫生间的途中，突然看见一个七十来岁的女人坐在床上全神贯注地缝东西。她走近一瞧，发现那人正在将不同颜色的布块拼在一起，缝成一朵朵艳丽、精致的七彩莲花。

“你缝这个是要卖的吗？”母亲问。

王秀英笑着解释那只是日常消遣，她只不过是在给家人缝制被子。

“小地方没有人要买这个啦。”她补充道。

没多久母亲就和王秀英结为朋友了。她们达成协议，约定将来一起卖被子。等出了院，母亲就会给王秀英寄碎布，由王秀英用那些碎布缝制莲花和被子，将莲花一朵朵地缝到被子上，最后再由母亲放在裁缝店里卖。敲定计划的过程又快又顺畅，母亲无疑擅长做这件事。过去她和许多人合作过，成功卖出无数件东西，地垫、自酿的红酒、各种款式的衣服、皮夹子，当然还有百家被。不过王秀英的百家被是独一无二的，她还从来没有见过被子上缝了莲花的。

这会儿两个女人正聊得痛快。她们从下午吃的猪肠粉聊起，然后聊到王秀英工作的食堂、寄人篱下的坎坷童年、她三个孝顺的儿子和儿媳妇，还有她的肿瘤。

“我这个是不会掉头发的，只是掉腿毛和皮肤变干罢了，你看。”王秀英卷起裤腿给母亲看。

“我的是电疗，跟你的不一样，每次来都要住三四天，这次是第二次了。没事的，不用怕。”她挨近母亲，看了一眼插在母亲左手上的静脉留置针。

王秀英第一次来医院是坐她儿子的车来的。

治疗结束后，她自己乘车回家，途中迷路了。她极少到吉隆坡，更别说是独自一人在这座城市过夜，然后自己搭乘公共交通回家。

一走出医院，王秀英就问路过的一个高瘦男人怎样才能到有长途巴士的总车站。她听说过那个车站。尽管男人已经足够耐心地指路，王秀英后来还是又多问了几个人，走了不少冤路，才辗转回到关丹。她坐错了两趟车，其中有一趟还是城铁，差点儿提前花光那原本就少得可怜的路费。

“你都不知道我那时有多惨，最后身上只剩两块钱，回到关丹都晚上十一点了，还好赶上最后一班车，唉！”在结束自己的故事时，王秀英微笑感慨道。

“唉，我看病一下子就花了十多千，你这么惨，真的是可怜。”突然，母亲揽着王秀英的肩膀，头靠在她的脑袋上，啜泣起来。

“是这样的啦，不要紧，人生就是这样的。”王秀英含蓄地笑着说。

“唉，真是惨哪。不懂为什么会这样……”母亲没有停止啜泣。她反而哭得更厉害了。她的哭声又细又长，后半部分几乎是无法听见的。她在笑得上气不接下气和痛哭时都会出现这种状况。起初是声音突然变大、上升，声线越来越高，然后像是触碰到了爆破点，声音犹如小石子般闷声冲破湖面，瞬间坠入湖底。那个时候，你会被她张得大大的嘴吸引住，那儿总是会有一点异物，唾沫或是之前吃饭时留在牙缝里的食物残渣。你会对此感到无所适从，有点窘迫，恨不得这一切尽快结束。

王秀英在第二天就离开医院了。临走前，我们到她的床和她道别。母亲吩咐我抄下她的地址和电话号码。

“等我回到家，我就给你寄一包碎布，我们一起卖被子。”母亲兴致很高。

等到母亲想起来要给王秀英寄碎布时，我们却找不到那张写着王秀英的联系方式的纸条了。那张纸条被母亲塞到不知道什么地方了。它理应在母亲那个黑色的手提袋里的。也可能是被夹到联络簿里了。那段日子母亲经常随身带着的便是那个黑色手提袋和联络簿了。

纸条到底在哪儿呢?

初春，我回到北京，在一个周末，突然想起王秀英和母亲那包碎布。我在脸书上发布了一则寻人启事，并附上母亲和王秀英的合照。几个小时后，王秀英的儿子和儿媳妇联系我，并告诉我王秀英的电话号码。我立即给王秀英打电话。

“我一直在等你的母亲寄碎布给我呢。”王秀英说。

我将母亲的手机号告诉王秀英。几天后，王秀英给母亲打电话，两人在电话里短短交谈了几句。后来，当王秀英再次打给母亲时，母亲却不想和她说话了。

那时候她已经病得很重，失去行走的能力了。面对眼前的一切，她露出一副意兴阑珊，甚或是放弃的样子。当有人想和她说话时，她会直接拒绝或以沉默响应对方，别过脸去，用手帕捂着嘴或蒙着眼睛。

“没有力气说话。没话想说。”她这样拒绝王秀英。

但在两个月以前，她还是那个主动出击、总是占主导地位的人。

那段日子，在医院里，她尽可能保持一贯的雷厉风行的神气，在抵达病房时欢快、大声地向护士问好，走起路来精神奕奕地，还会主动帮忙打扫卫生间和为病友提出各种建议。在做成一件事后，她总是迫不及待地告诉身边的人，怀着相信一切正在往好的方向发展的心态，喋喋不休地说着。

她一直是一个渴望维持体面的女人。我后来才发现原来我也继承了她的这一面。和门罗小说里的那个母亲一样，她走在丫曳镇的大街小巷时，从来都穿着自己缝制的洋装，戴着金项链和翡翠玉镯，有时还会拎着阳伞或手提袋，脚上蹬着一双黑皮鞋。她在少女时代就只身一人来到这座小镇，在主街上经营自己的裁缝铺，从一开始勇猛地举起手中的剪刀对着来索要保护费的流氓，到成为镇上最受欢迎（其实也只不过是三两个人的竞争）的裁缝，五个孩子中还有四个出国留学的，所有这些似乎都足以将她塑造成一个趾高气扬、骄傲的女人。

她也的确是这样一个人，容易自豪和沾沾自喜，同时还拥有一点高尚的品质，总是向更穷的人伸出援手，捐旧衣服或钱，或是买下盲人兜售的高档钢笔（它当下就被我收到铅笔盒里了）。长久以来，这两种特质成为她性格中最为显著的两点，它们别扭地结合在一起，几度使我们怀疑她如此热衷于行善，只不过是为了逞能，使自己看起来更体面，更高人一等（也许我们都曲解了“施比受更为有福”的含义）。她后来也以半开玩笑的口吻承认这一点，说的时候仍然笑得合不拢嘴，仿佛试图掩盖自己的羞愧和虚荣心，却不知道这样很可能只会令人误解甚至嫌恶。

疾病真的是会击碎人的尊严的。所有的体面和荣誉感皆消失殆尽。那些疯狂生长的癌细胞正在一点一点地啃噬这一切。

在葬礼上，大姐打电话告诉王秀英母亲去世的消息。王秀英没有出席葬礼。是啊，她离我们这里那么远。还有，说实话，她和母亲也只是萍水相逢。她们在医院里的那段短暂、看似坚固的友情说到底并无法说明什么。毕竟那时候她们是病房里仅有的两个华人，在这样的场合，共通的语言和相似的经验无疑使两人更容易感到亲切，更容易信任对方。不过，我想倘若母亲和王秀英真的一起卖被子的话，她们会成为真正的朋友，彼此之间也许还会有一种患难与共的感觉。

那包搁在地上的碎布后来被二姐拿走了。她说将来可能会需要它们，缝制桌布、被子或随便什么东西。总之是一些有用的东西。

很长一段时间，我们姐妹几个会因为母亲不愿离开父亲而感到愤懑。我们在几次对话中提到这件事，带着一种不耐烦和近乎绝望的口吻说话，偶尔还会恶意地挑衅，仿佛乐于见到母亲窘迫、无从辩驳的样子。

“你又不需要依靠他，为什么不能离开？”

“我们一起离开，我可以打工挣钱养你。”

“到底是生活重要还是面子重要？”

“当然是面子重要嘛。”母亲高声说。那时我们正在逛商场。那是七年前，母亲和二姐来北京旅行，我带她们去雅秀商场，母亲想买一台收音机送给父亲。

她最勇敢的一次大概是在二十年前的那个阴郁的午后。她把我们四个孩子叫到身边。大姐不在家，当时她在台湾上大学。我们围在弟弟的床边，商量带什么东西，还有什么时候下楼坐公交车离开。

“我受不了了，我要带孩子回娘家。”母亲说。我们以对峙同时也是惶恐的姿态面对站在房门口的父亲。

后来发生的事如今只剩下碎片似的残破画面，我看见画面中的人有的说了一句或两句话，更多的人只是沉默着。我站在床的右边，侧着身子，几乎没有正视父亲的脸。我想的是第二天早晨的事。该几点从外婆的家出发去学校？万一错过了巴士怎么办？是不是应该告诉同学发生了什么事？我似乎感觉不到悲伤，而只是忐忑、紧张不已。我为着即将到来的混乱、失序而心跳加速。

“如果不是因为孩子，我早就离婚了。”这是我记住的最后一句话。

我们并没有去外婆的家。这其实也是意料之中的事。在乌拉港，很少有什么事情是能够决绝而干脆利落地了结的。女人们更是不善于将事情的真相曝露在日光之下，因为那样只会使悲剧更加惨烈，令人难堪，甚或恼羞成怒。于是我们选择忘却和忍受，就像我们默默忍受着日头的炙烤和乌鸦的叫声。就像我忘记了到底发生了什么事一样。

对于悲剧的来龙去脉，我发现自己总是容易忘却它们。我能够清晰地记得一些细节、一些片段，以及许多的感觉和情绪。那个午后，在我们被母亲唤到房间之前，家里究竟发生了什么事？

我当时在哪里，正在做什么？后来我们为什么不再提起那些往事，而是一次又一次地保持沉默？

我是林金水的孩子，在我身体里住着一个小林金水，一直要到三十岁以后，我才认清这个事实。苛刻，漠然，喜欢掌控一切，拒绝任何温暖的东西。与此同时，我还继承了母亲那惯于忍受折磨、软弱（仅仅是某种意义上的）和悲悯的性情。这些特质时而交杂在一起，相安无事地共存，时而相克，光明的一方战胜同样强大的黑暗，或者是良善被邪恶压垮，被迫隐藏起来，尽管偶尔也会跳出来无力地反击。

我想母亲身上一定是有着强大、旺盛的生命力。如此她才能抵抗艰难、绝望的生活，无论是以何种方式。不久前，在餐桌上，小严说起刘易斯·布尔乔亚的大蜘蛛，我惊讶地发现它和母亲这么相似。不是境遇的相像，是承受能力和方式的相似。布尔乔亚的母亲和我的母亲，一个一直低着头，一边修补挂毯，一边默默承受悲伤与痛苦；一个终其一生都坐在缝纫机前，夜以继日地工作，专注的面容背后隐藏着巨大的压力、与生俱来的坚韧及对宿命的默认。

母亲经常笑，还很容易紧张、惊慌失措。她不是一个沉默的女人。她笑时总是难以抑制地拍打旁边的人，时常笑到合不拢嘴，发不出声音（有一次，马六甲的老三姨来看望她，在餐馆里，她激动得整副假牙都掉出来！）。如今想来，她那夸张的笑也许隐含多重意义，是对生活的幽默和悲苦的回应、反击或消解。那笑很可能强化了我们对她的印象，甚至构成了一个假象，使我们深信她就是这样一个人，一个乐天知命的普通女人，没有一点隐藏的、更深刻的意义（她到底是不是？是不是？）。

这些年，我渐渐遗忘她的生活，她的一切一切。也许这是因为我变得越来越漠然，离乌拉港的生活越来越远的缘故。我已成长为一个女人，也在独自面对生活的不自由和不公正。“人要承担一切选择的结果”，我总这样想。当小心翼翼的尝试最终都化作一声叹息或被逐渐忘却，不再被提及时，我的这个想法更是越来越坚定。“我们又有什么资格去干涉另一个女人的爱情？”“她有丈夫，这些事应该由她的男人去做。”我会这样说。

一天晚上，她突然走进房间，坐在那张我用来顶着房门的圆木凳上。木凳没有靠背，她佝偻着，衬衫的领子耷拉下来，露出她那嶙峋凸出、干瘪、皱巴巴的锁骨。

“我要跟你讲一个孩子的故事，你可以写下来。”她对我说。

这次她分享的是一个新的故事。故事中的她三十岁，正在分娩第四个孩子，那是她唯一的儿子。在分娩过程中，她突然大量出血。医生问病房外的祖父和父亲要保住大人还是小孩。祖父说要保住小孩，父亲则说要保住大人。结果皆大欢喜，大人和小孩都安然无恙。

她回忆这件往事时，神情是如此淡然。她的上唇很薄，容易使人以为她如果不是在抿着嘴，便是在以一种轻蔑、挑剔的态度说话。她的眼袋沉沉垂着，像两个卧着的、饱满而暗淡的弯月。

那个晚上她显得出奇地平静，保持着一致的语调和声线，不像是在讲述自己的生活，更不像是在议论某个亲戚或朋友的难堪事迹。故事说完了，她又说起另一件事。

“我有一次想走，下楼后躲在照相馆附近，不知道能去哪里，最后就又回来了。那时候阿妹已经在台湾了。”她说。

不知道为什么，我一直以为她说的“一个孩子的故事”指的是她的故事，那个“孩子”便是她自己。后来在她的葬礼上，我对三姨妈说起这件事时，我恍然大悟，几乎可以确定她说的“孩子”其实是弟弟，是她的孩子。我并没有告诉姨妈母亲究竟说了什么，只是告诉她母亲说过的那句话，“我要跟你讲一个孩子的故事，你可以写下来”。姨妈重复了那句话，以此表示惊讶和好奇。当我也像姨妈那样复述母亲的话时，我突然觉得自己一直以来的理解是完全错误的。

一个孩子的故事。她的孩子。

如果我当时没有错误理解她的话，我流的眼

泪也许不会如此纯粹，而是会掺杂着一丝嫉妒、哀怨、悲愤及失望，这样的悲伤是复杂、沉重的，带着腐朽的味道，让人产生很深很深的挫败感。

我讨厌这种腐朽的味道，厌恶这样的挫败感。

在她逝世前两周的一个下午，我从北京给她打电话。当时她和尤妮在病房里。尤妮是我们雇来照顾她的印度尼西亚女佣。那段时间母亲不是住在大姐的家，便是住在医院里。她有时候会想回乌拉港，有时候会想去某个亲戚家住（她一厢情愿地认为那些亲戚会收留她），或是想住在医院的病房里。父亲乐于见她住在大姐家或医院里。也许这是因为他也极度疲惫和厌倦这一切。他迅速将母亲的日用品和药物搬到大姐的家，然后每天在固定时间出现在那里，像在自己的家那样指挥所有人，掌控一切。

“我跟你讲，”母亲以一种明确但又带着一点惶惑的意味幽幽地说话，“我是要回乌拉港的。那里是我的家。妈妈爱爸爸，妈妈为了你们这五个孩子，所以才没有离开爸爸。妈妈是爱爸爸的。

我是要跟爸爸在一起的。我跟阿芳不一样，我是不会离开爸爸的，我不会做那种事的。你跟大姐讲我是要回家的。”她的声音听起来清朗、平和。阿芳是我们的一个亲戚，她正准备和丈夫离婚。

挂断电话后，屋里弥漫着一股腐朽、绝望的气味。我感到无限悲痛和无助。我原本还应该充满怨毒的。

为什么她独自一人承受这些？为什么我要背负这为人子女的沉重枷锁？为什么？

我还有十八天才能离开乌拉港。我已经有很长时间没有在这座小镇住这么久了。夏木远在北京，我们每天都通电话，试图让对方知道自己过着什么样的生活，有没有想念对方，还有究竟快不快乐。

我到底快不快乐，这是夏木最关心的事情了。“我就是希望你快乐。我希望能让你快乐。”他总是这样说。

悲哀的是我在这里确实不怎么快乐，甚至开

始感到难以呼吸。

自从母亲的身份从裁缝转换到病人以后，她开始失眠了。导致她失眠的不是单纯的身份转换，而是隐藏于“病患”这个新身份背后的各种身体与情绪的不适。起初她只是昼夜颠倒，后来则是越睡越少，脑袋里思虑的事情越来越多，也越来越琐碎。她待在家里的时间越来越长，不再像从前那样会在早晨和父亲一起晨运，到过港吃早餐，甚或是自己步行到肯德基买汉堡，因为她越来越虚弱，甚至无法掌控自己的身体。

她开始做足以打发时间却只需消耗很少力气的事情，比如说一次又一次地将所有亲友的电话号码抄在新本子上，整理裁缝铺的衣架、纽扣及袋子，还有将那堆顾客还没来取的衣服一一打包起来。所有这些事情几乎都不是在白天进行的。白天，她经常昏昏欲睡，频繁上厕所和清洗自己的身体。她打盹的次数越来越多，断断续续，大多时候都待在房间或客厅的躺椅上。

母亲午睡时，我会待在自己的房间里，享受

难得的独处时光。我抓紧时间阅读和写稿。这段黯然无光的日子里，阅读所带来的愉悦与平和远超于过往它所能带给我的。出发前，我把卡尔维诺的《巴黎隐士》和狄迪恩的《奇想之年》塞进背包里，准备在医院或闲暇时阅读。我发现卡尔维诺的书能带给我极大的抚慰和对未来生活的乐观（我羡慕他那与生俱来的写作天赋和幸运的境遇），而狄迪恩的书则为我打开了一扇窥探爱情和死亡的窗。

然而这样愉悦的时光何其短暂。母亲时断时续地睡觉，直到凌晨时分，她完全醒过来，开始收拾屋子。最初的那几天，她不停地清理旧物，找出无数件需要扔掉的东西。我们只好视这个举动为春节前的大扫除，因为弟弟要回来了，他总说家里的东西太多太旧了。

那些都不是弟弟的东西。很快父亲便发现家里的瓶瓶罐罐、泔水桶、勺子、抹布，甚至是自己的袜子消失了，于是开始抱怨、质问、指责或怒骂。整个夜晚，母亲宛如一只衰颓、萎靡的母猫，瘦骨嶙峋，幽幽地在屋里徘徊。她走路的声音很轻，几乎没有声响，但乌拉港的夜晚格外安静，我在房里还是能听见她的脚步声。当脚步声传来时，我抬起头，看着她经过我的窗户。纱帘后的影子佝偻着缓缓移动，从左到右，要经过很长一段时间才会回来，再次佝偻着慢慢移动。

她不是在卫生间里，便是在厨房里收拾杂物。更早的时候，她在裁缝铺里收拾东西。但她收拾东西的声音严重干扰到父亲，因为父亲的睡眠质量在很久以前就已经很差了。于是她转而收拾弟弟的房间，或坐在房间里缝衣服、抄电话号码、整理衣服。当所有这些事都处理完毕后，她便开始收拾厨房。

她突然有了喜欢在我们睡觉或工作时和我们说话的习惯。有时候是叫我们做各种事情，比如说洗衣服或将毛巾、衣服递给在浴室的她。似乎她对疾病引起的生理问题有点措手不及，或是变得比以前更粗心大意了，她开始非常依赖家人，总是有各种事情需要我们替她处理。

她关心和忧虑的事情也越来越多。当想起某件事时，她会站在房门外或坐在弟弟的床上对我们说话。

“吃团圆饭时会有几个人？”

“快起床洗衣服。”

“把我的桶拿来。”

“帮我打电话。”

“明天记得买一把炒菜勺和两个盘子。”

你很难专心工作，因为这种情况发生得过于频繁，而且很多时候出现在早晨七点多和午夜时分。那个时候，我不是在睡梦中，便是在床上工作。“除非你和这一切保持距离”，后来我对自己这样说。

我知道这不容易。

我不知道这是否意味着她已经开始深切感受到自己体内的癌细胞在急速扩散，以致她很可能不再拥有足够的时间去做这么多的事情。是啊，她一直以来都是个性子急的人，连走路都是健步如飞的。

有那么几次她确实是能早早地就上床睡觉。她就睡在隔壁的房间里。深夜，当我在工作时，突然想起在隔壁的她，想到她突然那么安静，房里悄无声息，一阵恐惧和震颤会迅速袭来。我走到她的房门，试图从窗帘的缝隙看她是否真的在睡觉。如果百叶窗紧闭，我会轻悄悄地将房门打开，从门缝偷窥在床上的她。我会伫立片刻，屏住呼吸，确保她的胸口或腹部有在以一种平缓的节奏持续起伏。

那一瞬间，我发现自己的内心充满矛盾。当她安然无恙时，我竟隐约感受到深藏于体内的失望和沮丧。我究竟在期待什么呢？是否灵魂深处已然埋下了一种与生俱来的对终将到来的噩耗的期待与承受力？未来的日子里，当以为早已命中注定的事情迟迟未发生时，我是否会比此刻还要疲惫不堪和失望？

我很快便阻止自己继续思考下去。我轻轻地关上门，站在门外听从房里传来的电扇转动的声音。回到房中，我再次坐在计算机前，绞尽脑汁回忆几分钟前脑海中浮现的句子。我知道我必须抓紧时间写下去，因为失眠的病人永远会起得比我早，精力也远比我的还要充沛。第二天，当那些乌鸦像昨天清晨那样再次出现在乌拉港的街巷，暖风依旧从大海那边缓缓吹送过来时，我将恢复我与这座小镇、我的家族以及自身命运之间永无休止的悲哀抗争。

我和夏木一共有两张床，较小的那张在小卧室里，我们称那间卧室为“小旅馆”，那是我工作的地方，也是我和夏木夏天时睡觉的地方（我后来将它命名为“切尔西酒店”了）。床上总是铺着白色的床单，还有带方格或条纹的被子，那都是我喜欢的，因为它们象征着一种规律的秩序感，和谐，整齐划一，永远不会出错。

床边有一扇不大的窗，窗框是木制的，刷了白漆，一年四季都透着一股凉意，却令人遗憾地没有散发出木材应有的沉着香气。如果在床上坐得厌烦了，我就会坐在窗台上，我的高度正好允许我将一双腿伸直，背部倚在窗框上。我瞬间会感受到一股冷空气侵入我的身体，先是背部，然后是双腿。那个时候我整个人是惬意的，看着对面大楼办公室或公寓的窗户，想象着窗户后面正在发生的各种事情。

当然我是什么都看不见的。白天，那些窗户几乎都是黑色的，照在上面的阳光会瞬间反射到我们这一边来，让人产生被镁光灯扑闪的幻觉。那是一种可怕的感觉——觉得随时都有人在偷窥你。

"如果是黑玻璃，白天你看不见对方，但到了晚上，对方的一切便一目了然了。"我的朋友老叶说。

这听起来像是报复的口吻。不过确实是这样的，到了晚上，对面的一切便一目了然，白天被窥视的人转而成了窥视者。

我仿佛听到一阵调皮的窃笑声。

年末，二姐和她的朋友在我们的小旅馆住了一个月。送走她们后，我卸下小旅馆的白窗帘，放到那一堆让人难堪的脏衣服上，等着有一天将它们放到洗衣机里清洗。我还奋力清洗了床单和被罩，将整间小旅馆擦拭干净。

那段黯然的日子结束后，我们尝试回到我们的小旅馆里睡觉。有那么几天，小旅馆的窗帘还没挂上，我们就这样睡在窗边的那张床上。那是一张比较小的双人床，木制的床架散发着一股淡淡的木屑味，奇怪的是看起来还很新的床板总是很容易松动。因此我们一直都是小心翼翼地爬上床，再小心翼翼地躺下，生怕下面的床板再次坍塌。

夜深人静，我摘下眼镜，和夏木一起侧躺着，看对面大楼的那些灯光。我近视很深，摘下眼镜后所看到的世界很模糊，也很梦幻。我想象我们正躺在玻璃屋里，而窗外那些星星点点的灯火仿佛就是绚烂的极光和闪烁的星星。

我在乌拉港的床上看到的不会是这样的风光。我们有三间卧室，父母住一间，弟弟住一间，剩下的一间是我们女孩子住的。从前的那些日子，所幸四姐妹中总有一个不在，或到外地工作，或出国上学，卧室才能容得下我们。我记得最初房里有一张很大的双层床，上铺是单人床，下铺是双人床，我睡上铺，离天花板很近。除了危险（避免人掉下去的黑色铁架竟然没有被固定好）和不方便，睡在上铺的感觉还是挺不错的。我喜欢无法被看见的自由感觉。

离家的这些年，那张双层床最终没能逃脱被当作废铁处理的命运。我们也确实不再需要它了。卧室出现了几张单人床垫，大多时候它们是被立起来或叠放在一起的，只有在人多时才会被一字排开，我们几个女孩子就这样睡在上面。偶尔母亲也会来和我们一起睡。我们睡得晚，需要开灯时，她便将胳膊搁在双眼上，以阻挡强烈刺眼的灯光。弟弟不在时，母亲也会到他的房间睡。弟弟的房间东西很少，床也是干干净净的。

那么母亲和父亲的床呢？他们的床放在一个充满神秘感，甚至隐藏着过多秘密和伤痛的房间里。房间经年累月是幽暗的，潮湿而柔软，床架也和小旅馆的一样是木制的，只不过那是呆板、样式老旧的木床架，刷的漆也是劣质和沉闷的。

那不是一张让人感觉安全的床。床的旁边立着一把生锈的巴冷刀，刀刃虽然用报纸裹起来，但还是令人恐惧和不可思议。没有人会想要睡在那样一张床上。

知道母亲生病后的那个春节（其实也就只有那么一个春节），为了团圆，所有人都回家过年。这样的光景已经有十二年没有出现了。弟弟提议买一个双人床架，不要所有人都睡在地板上。况且母亲也越来越虚弱，应该睡比较好的床。

“你生病了，没有人会跟你睡，还是买单人床架好。”二姐说。

母亲和二姐吵架了。最终母亲自己也提出还是买单人床架好，“二姐说没有人要跟我一起睡。”她在电话里说。

事实是癌细胞是不会传染的。二姐一定也懂得这个道理。

如今再争论这件事已经毫无意义了。再过两

天，新的单人床架就会送到家里，母亲和二姐还会像从前那样，一起指挥工人将床架搬到我们的卧室。等工人离去后，她们会一起撕开包裹着床架的塑料膜，满怀期待地为床垫铺上新洗的床单。

我和夏木在家里度过了我的生日。我们没有吃蛋糕，而是在中午时吃了从外头买回来的面条。其实我们很少大肆庆祝彼此的生日，也很少给对方买生日礼物。我经常对他表示我不需要任何生日礼物。今年却是个例外。生日前的那个夜晚，我在翻书时无意中看见去年夏木从大急流城给我带回来的生日卡。那是他逛美术馆时随手在纪念品商店买的生日卡，除了色彩缤纷的线条和黑色笔迹的祝福语“生日快乐”，卡片上没有其他图案。那时候我的生日已经过了，所以我们随意将卡片夹在一本小说里，再也没有理会它。

那天晚上卡片突然出现了，于是我将它放在书桌上，嘱咐夏木为我在卡片上写一段话，然后在第二天送给我。

“给我写一段鼓励的话吧，我这两天又陷入低潮了。”我说。

他努力地从阿巴斯的书上抄了一段话给我：

> 年轻时，我给大人读我的故事。他们会谨慎地说我写得不错。但会补充说：“实在太悲观了。事情不会那样糟。”我明白了这些人已经放弃并出卖给了有权势的人，他们拒绝承认苦痛——这社会显而易见的现实，并对悄然在我们所有人身上滋生的绝望视而不见。但如今，当年轻人给我剧本读时我会谨慎地说：“英格玛·伯格曼在黑暗中寻找一点光明，而正是那点光明使他的作品可信、可承受。你们应该自己试试。”

紧接着的是他自己写的一句话：“我们也要试试，记得光明和痛苦，记得这些真正伟大的事物。”

那个时候，我刚午睡醒来，既沮丧又意志消

沉，那段话使我不由自主地悲伤、哭泣起来。

我想到了隔壁房间的墙上那张印着卡尔维诺肖像的海报。海报上有一句卡尔维诺的话，长久以来一直触动着我，“如果你想知道周围有多么黑暗，你就得留意远处的微弱光线”。

当我站在那张海报前做家务，或是当我失意、消沉，对生活感到诸多不满和失望时，我都会在心中默念那句话，并再次相信这个世界上真的是有那么一束永恒的光芒在熠熠闪耀着。

就在几天以前，我们去了电影院看伯格曼的电影。阿巴斯说得不错，伯格曼的电影真是这样的。多年以前，我们比现在还要懵然无知，看伯格曼的电影时，似乎记住的只是那些阴森、可怕的情节和画面。我记得我是在夏木家的客厅和夏木一起看《芬妮与亚历山大》的。回到宿舍后的那几个夜晚，我不敢独自睡觉，经常硬撑着，直到累得不知不觉地睡着了，但也还是很快便惊醒过来，浑身冒着冷汗。

我以为我害怕的是黑暗，于是我把床头灯打

开。灯亮的那一瞬间，我却更加害怕。我的脑海里浮现出电影中那个垂死的艾尔莎姨妈的面容。在煤油灯的映照下，她的脸看起来苍白、无力，眼神是那么孤独、绝望。那是一张病了许多年的脸才会有的寂寞与绝望。自那以后，我有无数个夜晚是在梦魇和恐惧之中度过的。我害怕看见强烈的灯光映照着的脸，因为在炽烈的灯光下，我们的秘密和恐惧是那么地容易暴露，无所隐遁。

几年过去，我们重温那些电影，欣喜万分。我们在伯格曼的电影中同时感受到深刻的黑暗与光明。那黑暗和光明夹杂着对罪恶的诘问和对永恒救赎的追问。过去使我害怕的那张脸和死神的黑斗篷再也不那么可怕了。我突然克服了对它们的恐惧。电影结束后，我们记住和谈论的是艾柯达家的圣诞晚宴、小丑约夫和米亚一家以及野草莓的味道，那都是温暖而美好的事物。

但很快我便发现自己依然对黑夜充满恐惧。我发现自己对黑夜的恐惧是伴随着对死亡的无知与害怕而来的。死亡对我来说是永远的黑暗与沉默，夜晚的幽暗和寂静象征了死亡，它像一个巨大的黑洞足以吞噬一切。

我生长的地方是一个笃信鬼神的小镇。那里永远流传着各种神秘甚至可怕的传说或故事。人们膜拜各种各样的神灵。孩子们在很小的时候就接触到各种与宗教或死亡有关的事物。我们被迫相信和遵守各种禁忌，不能对之产生怀疑。

对于死亡，似乎长辈们只能营造出一种神秘莫测和恐怖的氛围。他们总是擅长这件事。“不要说话”，“低下头”，“别让那只黑猫靠近尸体”，他们说。

这样的话在母亲的葬礼上也出现过许多次。

葬礼上，我们兄弟姐妹像一群沉默而温顺的动物，被人使唤做各种事情。白天和夜晚，人们将门紧紧关上，以防热空气和野猫跑进灵堂里。那些日子，天气的确格外燠热。我们有的总是这样的热天气。灵堂里的空调机一直开着，棺木里也放了很多干冰。外面太热了，我经常待在灵堂里，有时是站在母亲旁边，有时仅仅是坐着乘凉。

二姐带我去看隔壁的房间。那是入殓师对遗体进行净身仪式的地方。人们称之为“汤罐”。那个房间很简陋，光线有点暗，角落有一个四周围着白布，上面铺着一张铁丝网的浴池。母亲躺在铁丝网上，入殓师替她将身体冲洗干净。房间还有一个被光滑的白丝绸围着的角落，墙上挂着一个印着“礼体”两个字的木牌，白布后面是一个很大的冰箱，一共有三层，只有第二层贴了张白纸，上面写着“林门郑氏”，那是先前存放母亲遗体的地方。冰箱的不远处还有一个柜子，上面摆了一些化妆品和做工粗糙的寿衣。

林门郑氏。

我永远不会忘记那个房间。它给我一种阴森、神秘而悲伤的感觉。那张有点凹陷的铁丝网，轻柔、光滑的白丝绸，廉价的化妆品，所有这些都使我萌生一种伤感、遗憾以及恐惧的感觉。还有那个被白布围着的冰箱。站在白布前，你是看不见里面的冰箱的。你屏住呼吸，犹豫了片刻，才敢将白布掀开。暗淡的灯光下，一切既朦胧又真实。

我在伯格曼的电影里感受到的也是这样一种感觉。有时候是恐惧、神秘莫测和痛苦，可同时又充满了真挚的、寻索的迷人气息。他的自传《魔灯》里也饱含了这样的情感，焦虑、压抑、痛苦和释放，我对这一切既熟悉又恐惧。在这些不敢独自一人睡觉的夜晚里，我尽情地读着《魔灯》，以伯格曼的经历和故事安慰自己，不要紧，我们只是惧怕黑夜，这没什么大不了的。我们能够承受这些。

在伯格曼的电影《芬妮与亚历山大》中，亚历山大总是看见死去的父亲的鬼魂。最初亚历山大看见的是死神。在似真似幻的场景里，死神披着长长的黑斗篷，拖着长柄镰刀藏在一株植物后面。和《第七封印》中的死神不一样，这个死神没有脸，只是一具灰白的骷髅。寂静之中，他那又长又细的镰刀在明净的地板上轻轻划过，发出幽微却刺耳的声音。

父亲奥斯卡的鬼魂不是这样的。他身着白色礼服，穿戴整齐地在屋子里踱步，有时候会坐下来，默默地看着亲爱的家人。他就好像还活着似的，只是看起来更加沉默和脆弱。他的脸上还多了一丝无奈、疲惫和忧伤。

在被继父爱德华主教虐待后，亚历山大和妹妹芬妮在伊萨克叔叔的帮助下逃离继父的家，暂住在伊萨克叔叔的家里。那天夜里，亚历山大再次看见父亲的鬼魂。

父亲轻轻地哀叹一声，然后开口说话。

“这不是我的错。一切都不对头。我不能离开你们。不能。”

“你还是上天堂吧，这样我感觉会更好。反正你在尘世也帮不了我们。”亚历山大说。

亚历山大有一堆疑问和不满。他甚至怀疑自己在上帝眼中是否不名一文，不值得被拯救。

“你在那里见到过上帝没有？”亚历山大问父亲。

父亲低头不语。然后他伸出手，想摸孩子的

肩膀。

“你要宽容待人，亚历山大。”父亲最后这样说道。

你在那里见到过上帝没有?

几天后，我竟然也对死去的母亲提出了一样的问题。

那是在梦中。我梦见我们围着母亲，她穿着蓝底白点的衣服，静静地坐在一张棕红色的沙发上。那不是我们家的沙发。她面朝前方，微微低着头，露出惯常的迷茫而固执的神情。我身体往前倾，双手抓着她的肩膀，以急促、担忧的语调和她说话。

“你到底有没有看见上帝？”我问道。

母亲一言不发，继续沉默着。

醒来后，我开始幻想有一天母亲的鬼魂也会出现在我面前。我们会有一场对话。她会问许多问题，或者是对我提出各种建议。

“你在做什么呢？”

“不要写了，做点其他的工作吧。”

“你怎么会这样像你父亲呢？”

“我真是苦啊。为什么会这样？”

那个时候，我或是在厨房里洗碗，或是斜倚在床上读小说，看起来既忙碌，却又终日无所事事。

出于一种反抗的欲望以及莫名的愤怒，我眉头紧蹙，一脸的无奈和不耐烦。

“我们不都是这样吗？”我说，试图结束这场对话。

我们都一样。在很年轻的时候，我们已经暗自决定有朝一日会背井离乡，到更远的地方去。我称我生活的这座小镇为乌拉港。有时候它叫“萨克拉门托”。没错，是电影《伯德小姐》里的那个萨克拉门托。母亲则来自“山顶”。出于某种我不知道的原因，他们那一代人总是把“乡下”称作“山顶”，而“进城”则是“下坡”（那时候我们似乎只有一座叫吉隆坡的城市）。

山顶的生活总是苦的。外公和外婆是剥椰壳的，他们将椰壳剥成一块块，卖给人做烧菜的燃料。他们也种菜，黄瓜、秋葵、豆角，母亲早早地就跟着他们种菜，将蔬菜捆起来卖。对这些吃力不讨好的工作，她是厌恶至极的。“种菜太苦了，我不想这样下去。”她对自己说。

于是她出走。她去了马六甲投奔亲戚，在她姨妈的理发厅替人洗头发。后来她发现自己热爱的是裁缝，逐渐厌倦了理发厅的生活。“这日子真是苦啊。”她写信给她的父亲时这样说道。

她很快便回到山顶，在镇上一家裁缝铺当女工。攒够钱后，她南下新加坡，去了新慧美容服装女学院学裁缝。临走时，外公给了她一枚金戒指。

其实她真正热爱的是上学。但那太难了。菜园里永远有做不完的活，而她又只是个女孩子。在那个年代，女孩又能做些什么呢？

她短暂的一生是一直处于压抑和抗争之中的。先是逃离菜园，而后是离开理发厅和祖国。从新加坡回来后，她辗转来到丫曳镇。我们先前不住在乌拉港，而是住在丫曳镇。丫曳镇是比乌拉港还要小的镇子。母亲在那里开了一家自己的裁缝铺。

后来的日子变得更好了吗？是，也不是。生活就是这样的。有时候我们只不过是从一个牢笼掉入另一个牢笼里罢了。就像人们说的，“人如其食”，生活的道理好像也是这样的。你选择你想要的，你成了你所选择的。但你同时还必须承担命运的果实，无论你愿不愿意。

和许许多多的女人一样，母亲工作、结婚生子，终日奔波劳苦。我们的家是一座狭长的房子，她的裁缝铺在前厅，我们生活的地方就在后面。每一天，她来回奔走于裁缝铺和厨房之间，而且总是行色匆匆的。她走路的速度很快，很少留意周围的一切。

我想她很少有机会去思考眼下的生活。毕竟她要面对的实在是太多了。她没有时间，很可能也失去了这个能力。是啊，她要担心的不只是我们这五个孩子，还有她的裁缝铺和她的丈夫。我们几个孩子继承了她血液里那勇于对抗命运的力量，都在以自己的方式去挣脱束缚。我希望直到如今我还在这样做。

一直要到母亲离去以后，我才突然醒悟过来，发现原来这些年来，她就好像一颗饱满的柠檬不断地被我们挤压。我们一个一个地越逃越远，最后只剩下她独自面对残破的生活。终于在最后的岁月里，她开始频繁地抱怨、叹气，我们却竟然无法容忍。

我们都不想听到母亲独自在黑暗中哀叹。那哀叹的声音过于沉重，轻易便能将生活虚假的华丽外衣撕碎。

初春，我和夏木去了趟日本。这是一年以前就定下的计划，是我们第一次一起去一个陌生的国度旅行。我还计划旅行结束后就再回一趟乌拉港看母亲。

镰仓的春光格外明媚，一踏出电车站就能感受到春日的气息。我挽着夏木走在路上四处张望，熙攘的人群突然使我有些恍惚和局促，无所适从。

我们去圆觉寺看小津安二郎的墓。寺在山上，小津的墓在更高的地方，要走一段长长的斜坡才能抵达墓园。墓园里矗立着风格极为相近的墓碑，灰沉沉的墓碑上刻着一个或几个汉字，只有寥寥几座墓碑前陈列着祭品，看起来热闹一些。小津的墓果然摆了许多酒，那是他生前喜爱的东西。举目所见是一望无际、葱郁的山林，还有偶尔出现在质朴的人行道或寂静的院落里的山茶树和樱花树。从前小津和他母亲就住在北镰仓，两人相依为命，看见的是同样的一片风景。站在那样高的地方，看着山下参拜寺院和赏花的人，处处是飘落的花瓣，不远处传来电车站禁止行人穿越铁轨的叮叮声，空气中吹来一阵和风，刹那间我觉得自己终于体会到了小津在日记里写下的那句话，“樱如虚无僧，令人忧郁，酒如胡黄连，入肠是苦”。

那个时候的小津应该也是苦闷的吧。刚送走去世的母亲，便又回到为剧本而烦恼的生活当中。那时他正在写《秋刀鱼之味》的剧本，不知道有没有想到那会是他最后一部电影作品？

这样的事情究竟能否被预见呢？或者说我们是否能够预知自己的死亡？

第二天，我们去了镰仓文学馆和川端康成的故居。听说川端康成故居只在其生日或办纪念会时才开放，于是我们只站在门外看那所房子。整座房子很朴素，门牌上写着“川端”和地址，泛着黑色斑点的木门紧闭着，完全听不见房子里的动静。

片刻之后，我们走到鹤屋吃鳗鱼饭。鹤屋于昭和四年（一九二九年）开始营业，一直只卖鳗鱼饭和各种以鳗鱼制成的菜肴，听说他们家的鳗鱼饭是川端康成非常喜欢的。

厨师花了五十分钟烹制鳗鱼饭。那是一段漫长而又充满欣喜的等待时间。我和夏木面对面坐着，他翻阅着各种杂志，偶尔将有趣的文章或图画指给我看。我在那个时候收到了母亲离世的消息。大姐一边哭，一边向我汇报母亲的心率。一群医护人员在旁边抢救母亲。我能听见医生的声音。

我很快便在视频中看见母亲的面容。她看起来像是沉沉睡去，头发和额头有一点湿，仿佛刚刚结束了一天的辛勤劳苦，终于能好好休息了。

我们也确实是这样互相安慰的。不要紧，她很好，终于可以彻底歇息了。

鳗鱼饭上桌时，我的脑袋已经一片眩晕。鳗鱼果然嫩滑肥美，淋在米饭上的酱汁也香甜可口。这一份鳗鱼饭对我们来说实在不便宜，小巧的一盒饭，我花了很长时间才吃完。我想我是永远不会忘却这鳗鱼饭的滋味的。

离开镰仓以后，我很快便回国了。我没有回乌拉港，而是直奔离乌拉港一个小时车程的一座城市。母亲也没有回乌拉港，她直接从医院被送到了那座城市的殡仪馆。

其实前一天夜里她说过她要回家的。凌晨两点，她突然醒过来，吃力地准备下床穿鞋子。“我梦见外公了，我要回家了。”她对尤妮说。

尤妮当然没有让她下床，而是哄她睡着了。

白天，她时而神情恍惚，时而精神十足。她双眼直视前方，身体缓缓前后晃动，还面带微笑。

“那个人很好，要跟他说谢谢。”她右手指着前方对弟弟这样说道。

她突然要求弟弟给她的双脚涂上乳液。“快一点。”她催促道。

她还突然有了食欲。大姐喂她喝白粥，喂了几口便停下来，生怕她一时吃多了。“再吃两口，这样才会饱。”她说。

那个时候的她是不是已经预见到了自己的死亡？当她催促着弟弟和大姐替她涂乳液和喂她喝粥时，她是不是想着要上路了？

至今没有人知道那天母亲究竟遇见了谁。我想我们更愿意相信在那个看起来一切如常的午后，母亲遇见的是天使，而不是拖着长柄镰刀的死神。

我的日本之行在镰仓就中断了。我为此感到失望和伤感。我错过了母亲的死亡和金阁寺。我一直想去金阁寺的。可生活本来就是这样的，我应该明白这个道理。

这个可怕的想法时不时会跳出来困扰我——

是我害死了母亲。是我导致了她的死亡。

在母亲进城见弗朗西斯医生的那几天，我每天都在广州中山五路上的一家咖啡馆写小说。那是临近仲秋的一段时光，南方的天气还很闷热，只有到了入夜时分，才会有一阵湿润的凉风从珠江吹过来。

那时的我刚辞职三个月，决意要在家里写小说，不再出外工作。我既忐忑又怀抱着希望。因为是陪夏木南下出差，减轻了许多家务的负担，所以我能更专注地写作。我开始写一个故事，一个关于回乡参加丧礼的故事。

最初的那几日，我的状态还不错，故事的进展很顺利。可是，就在我着手写故事里的那个母亲时，整个世界仿佛停滞不前了。无疑我是在将自己的生活投射到正在写的故事之中。我试图描绘小说中的那个母亲时，脑海里浮现的却是自己的母亲的形象。母亲的容貌和声音越来越清晰。我不由自主地产生了一种厌烦的感觉。

那是一次独特的经历。我从未受困于这样的感觉之中。厌恶、烦闷的情绪不断袭来。无法将母亲的身影从脑海中驱逐出去使我苦恼不已。我深刻意识到原来自己无法完全摆脱母亲，即使我已离开乌拉港那么久，那么远。

母亲的性格中有一些我讨厌的特质。长久以来，我甚至不惮于公开嘲讽、批评她。其实她是一个真实的人，不擅长伪装，在对富人笑脸相迎（父亲总说那是谄媚）的同时，也会对穷苦人伸出援手，表现出真诚的同情和大度。不过她的善举背后似乎总隐藏着一丝炫耀和迷信的意味。她极度相信“善有善报，恶有恶报”这样的说法。因此她的那些也许是出于善意的行为有时候很容易遭到怀疑和鄙夷。

母亲对金钱和数字的在意是我曾经厌恶的。她几乎每一句脱口而出的话都会提到金钱。

“这是我那天在商场买的，九十九块，有打折。”

“这红毛丹很好吃，一斤六块半。”

“她去阿英的婚礼才给五十块红包！”

她有专门用来记账的记事簿。不止一本。我憎恶那些散发着廉价仿真皮革和油墨的气味的记事本。那些本子就躺在抽屉里，抽屉没有上锁，以便随时可以打开，像取出狩猎步枪那样将记事本取出来，迅速又决绝。

她使用那些记事本的方式确实像是在使用猎枪。我们这些孩子是她的猎物。每当她与某个孩子发生一场与金钱有关的争执时，她会大踏步地走到房间，取出记事本，认真又快速地翻找着，然后把找到的账目拿给对方看。

“看，这里写得很清楚，明明是四百块。”在把记事本递给孩子时，她会加上这么一句。

那个时候，这样一句话总是带有残酷的杀伤力。那是对我们下的判决，记事本上的数字则是我们这些孩子的罪证。

看，上面都有我们的手迹了。

06.01.2002　学杂费　RM2512

06.01.2002	生活费	RM400
21.02.2002	生活费	RM400
01.04.2002	生活费	RM200
05.05.2002	生活费	RM200
01.06.2002	生活费	RM200
01.07.2002	生活费	RM200
01.08.2002	生活费	RM300
15.08.2002	杂　费	RM220
01.09.2002	生活费	RM200
01.10.2002	生活费	RM200
01.11.2002	生活费	RM200
06.12.2002	生活费	RM300

二〇〇二年。那是我在新纪元学院念中文系的第一年。即便有了贷学金，我还是需要母亲的资助。那些年，我们几个孩子相继到城里或国外上学，靠奖学金或贷学金，有时候也打零工挣生活费。但钱总是不够。我们仍然需要母亲的资助（此时此刻，写下这句话仍使我感到羞耻不已）。

在领钱时，我们需要在记事本上写下日期、金额以及钱的用途。每个人负责记自己的账目。如果不在家，母亲或二姐便会代劳。偶尔我们还得在账目下面签自己的名字。

这种感觉很不好受。仿佛你一生下来就注定背负着债务，永远还不清的债务。我们多年来就是活在这样的阴影之下的。至少我是这样的。

于是，在这样的家庭，挣多少钱便意味着一个人有多成功和坚韧。因为这能证明你有能力偿还债务，有能力报恩，能自食其力。

讽刺的是，我竟然在不知不觉中继承了母亲这惹人嫌恶的性格。我在二十八岁那年才发现这个事实。某个冬夜，我和室友惠惠坐在客厅里闲聊，从日常生活聊到了原生家庭。

“你知道吗？这是你从你的家族继承来的。你看所有东西都有价签，每一样东西在你眼里都是明码标价的。”这是我第一次听见有人这么说。也许她是对的。

“因为钱对你们来说非常重要。所有东西都需要花钱才能得到，所以你们这么在乎钱。”惠惠继续说道。

我还想起曾经有人提醒我千万别问一个人的薪资有多少。这是隐私，人们说。这也是我上大学以后才懂得的事。

你终究是你母亲的孩子，不管你愿不愿意。你看你多像她。

孩子们毕业后，她开始在记事本上记孩子给她多少家用。她还习惯将哪件新衣是哪个孩子（几乎都是大姐）送的这样的事挂在嘴上。我是极少被提及的那个孩子。我给的家用和送的东西实在微不足道。

我仿佛总是急切地想要摆脱这一切。我害怕和她一样。我不要像她那样对数字极为敏感和拥有惊人的记忆力。我不要像她那样在记事本上记账。我不会动不动就提餐桌上的饭菜值多少钱。我不会露出一副自以为无私奉献的嘴脸。

然而这只是徒劳无功的逃离。多年以后，当我结了婚，开始与另一个家庭有了哪怕是最淡漠、疏远的联系，发现自己不过是从一摊泥淖陷落到又一摊泥淖里（那你指望生活是什么？），我对眼下的生活不禁感到失望、愤怒，不知不觉便自怨自艾，充满了怨毒。

这一切与我又有什么关系呢?

生病后，母亲开始提到我们这些孩子在幼年时花了她多少钱。当时她、妹妹和我在卧室里，她在整理珍藏多年的首饰，我们有一搭没一搭地说着话。在对话越来越激烈时，为了证明她的记忆无误，母亲再次拿出她的记事本来。

“你自己看，看是不是像我说的那样。”这一次，她的语气和缓许多，甚至显得有气无力。

母亲很快就回到隔壁的卧室睡下了。她走后，我和妹妹不停地翻看她的记事本，直到我们俩都精疲力竭为止。

我们究竟在找什么呢?我想我们都在寻求一种自我肯定。我们想找出足以证明自己的能耐的证据。毕竟我们的生活已经够艰难了。

然而所有努力都是白费力气。你无法抹去事

实。你也无法在你还牙牙学语时就完全独立。这怎么可能呢？

“如果是这样，那倒不如不要生孩子。”大姐说。

直到最后她还在不停地记账。没完没了。她记下谁给了她钱，给了多少。一千。五百。三百。在一本行事历上，她则记下自己欠了车衣女工多少钱。那是一本一九九五年的行事历，黑色，镶着金边，里面印着公历和回历日期。我认得它。那是从前父亲在印刷厂当运货司机时带回来的行事历。那时候父亲常常将厂里丢弃的行事历和书本带回家。我在那些行事历上写日记和抄写生词，母亲则写下了无数个对她来说意义深重的数字。

是啊，那些数字对她来说是那么地重要。她的丈夫后来不工作了，她当然必须承担起养家的责任了。不然她还能依靠谁？

是我的嫌恶导致了她的死亡吗？当时我差一点就要诅咒她了。当她进城见弗朗西斯医生时，我坐在咖啡馆里神情漠然、专注地写小说，以为自己的命运终将有所改变，于是更加决绝、冷酷，将她的身影从我的脑海里驱赶出去。是不是就在那一刻，那关键的一刻，深藏在她胆囊里的癌细胞就此爆发，疯狂生长？

“人为财死，鸟为食亡”，父亲总这样嘲讽她。

“如果我不这样拼命工作，我们吃什么？吃什么？”后来她这样对我说。她不敢在父亲面前说这样的话。

凭什么她就不能记账，记下那些自己辛苦挣来的钱究竟花到哪里去了。

我从来没有问过我的姐姐们是否也被愧疚感或遗憾深深困扰着。我们几乎从不谈论这种事。

在母亲最后的时光（不过是短暂的几个月）里，突然有一天，父亲开着车把母亲和她的衣物送到了大姐的家。这也不是什么出人意料的事，他早就说过他不堪重负，想要离开乌拉港，一个人到外地旅行。虽然那些日子里，尤妮一直住在我们家，帮着他照料越来越虚弱的母亲。

更早的时候，我们想的是把母亲接到二姐的家，哪怕只是待两个星期。父亲的房子不是一个适宜养病的地方，那里有一股阴暗的力量，无比强大，足以啃噬任何外来者的灵魂。那样的地方只会令人感到绝望和精疲力竭。

也许母亲比我更早觉察到这点。在我回到乌拉港的那段日子里，是她提醒我，我那怨天尤人的坏毛病又出现了。

“别唉声叹气了。我下个礼拜就去大舅家住。”

这座房子一直弥漫着一股令人窒息的强烈气息，从前我并没有意识到。或许我只是一直回避它，假装它并不存在。或许我早已适应它对我们的折磨。或许疾病确实触发了这个家族隐蔽的阴暗面，迫使它从幽深的水底浮现出来。

此时此刻我必须面对它了。在离开乌拉港许多年后，我第一次直视它，感到悲伤又痛苦。

父亲最喜欢说的一句话是“以后我把你们全都赶出去，我一个人住”。他认为他有权利做这样的事，因为我们住的房子是他的。母亲生病后，这句话非但没有消失，反而出现得越来越频密。最后父亲甚至提出将来他要在附近租一所房子，让母亲和尤妮住在那里。我不知道他有没有意识到这句话充满了嫌恶、遗弃的味道。

母亲当然不可能去大舅的家。那只是她的一厢情愿。大舅有自己的家庭和生活，他们还是穆斯林，和我们有着不一样的生活习俗。再说了，他们怎么会照顾一个终将死去的病人？

那么二姐的家呢？起初二姐也有点不情愿和犹豫不决。她长年独居，公寓里没有多余的床，从来没有人在她家睡过，母亲也不愿意去。

于是母亲被送去大姐家。大姐在客厅放了一张单人床，床紧靠着落地窗，从那里望出去能看见草坪和来往的车辆。母亲的新轮椅就在床边，尤妮有时会推着她到草坪上晒太阳。那些日子里，母亲病得越来越重，最终丧失了行走的能力。她往来于医院和大姐的家，终究没有回乌拉港。她没能死在自己的家中。“落叶归根”，这是她临终前最后也最卑微的愿望，却没有一个人能为她实现。

“我是要回家的。”一次，我给在医院的她打电话，她这样对我说道。

挂了电话后，我号啕大哭起来。我不知道为什么当时我没有马上给父亲打电话，指责他的冷漠无情，告诉他母亲绝对有权利回乌拉港，回自己的家。我只是一边哭，一边给在马来西亚的朋友发短信，问他们是否有空置的房子可以暂借给我和母亲住。

后来二姐添置了一张新床，想接母亲去她家里住，但已经太迟了。

“妈妈就是不想麻烦人。”母亲离世后，我和大姐常常这么想。也许我们只是在自我安慰，为自己开脱。

那个早晨，我和大姐在电话里商议要把母亲送到二姐的家住。我们很快便敲定计划。就像两个密谋者，我们为这样的安排感到满意，甚至是暗暗松了一口气。

在医院里，大姐问母亲想不想回家。

“回哪个家？”母亲幽幽地问道。大姐愣了一下，强忍着泪水，没有回答。

就在那天午后，当大姐喂母亲吃完粥，和尤妮一起替她换尿片时，母亲忽然一头栽进她的怀里，再也没有醒来。

那一刻她是不是有被遗弃的感觉，知道自己无家可归，于是宁愿“选择”永远离去？

往后的日子里，尽管我们很少谈到母亲的死亡，但大姐还是会告诉我她做过的梦。她梦见母亲坐在她家的餐桌边吃饭。母亲一定是饿慌了，一直低着头吃饭，没有说一句话。那真是一个令人揪心的梦。我总是倾向于将那些梦视为一种启示（警示？）或寓言。我曾梦见自己使劲地摇晃母亲的肩膀，忧心忡忡地问她究竟有没有见到上帝。梦中的母亲双眼望着前方，神色茫然，嘴唇紧紧地抿着。很快我便惊醒过来，为那个从始至终都没有声音的女人泪流满面。那些梦将我最恐惧的东西都曝露在日光之下了。

妹妹也梦见过母亲。她的梦也同样令人揪心，同样带有寓言的味道。

那是午后，在新北，妹妹突然犯困，于是伏在桌上睡着了。迷迷糊糊之间，母亲走进来对她说：“阿妹呀，我走了。”然后她就惊醒了。

妹妹看了看手表，下午两点二十三分。在那之前，二十分钟以前，大姐在我们的聊天群里呼唤她，但她仍在睡梦中。更早一些，两点零一分，弟弟给她打电话，想告诉她妈妈已经死了，但她还在睡梦中；一点五十分，弟弟第一次给她打电话，想告诉她妈妈快死了，但她还在睡梦中。她在睡梦中错过了母亲的死亡。

三点二十八分，透过手机屏幕，妹妹终于见到躺在尸袋里的母亲的脸。那就像是一张沉睡中的脸，安静又苍白，微微沁着汗，只是眉头再也没有像从前那样紧蹙着，那幽怨的眼神也不复存在。那样一张脸，我想妹妹从今往后都不会忘却。

那张脸在一天以前还散发着一丝生命气息。一天以前，妹妹和母亲视频通话，母亲气若游丝，说自己刚吃下一颗水煮蛋，还有她感到很疲倦。那是她们最后一次通话，时间太短，甚至不到一分钟。那天夜里，妹妹在脸书写下了这段话：

> 最近常常和身边的人谈起妈妈，说妈妈的情况怎样怎样，好像很平淡地说着，其实我知道自己是在为之后的事先埋下种子，一颗愿意开口、愿意接受、愿意面对、肯探出头来的种子。如果最近我一直对着你说起我的妈妈，拜托就听听我的牢骚吧。总是要愿意说，才会愿意想起，才能证明妈妈真真切切地存在过。

我也在做着同样的事情。我正在讲述母亲的生活，好似唯有这样才能证明母亲真真切切地存在过。因为我们都一样，长久以来都在有意无意地将妈妈的生活遗忘，抛诸脑后。那里面有我们的过去，只会提醒我们别忘记回过头去察看、舔舐我们的疮疤。只有将它远远地甩开，我们才能拥有短暂、虚假的平静。我们也总是做得很好。

“阿妹呀，我走了。”

当妹妹从那场梦惊醒过来，她会不会猛然想起一个月以前的那句话而心里微微震颤，就像我那样？

一个月前，在我回到乌拉港几天后，妹妹也回来了。我站在楼梯口迎接她，看着她笨拙地拖着大行李箱爬上楼。我们有几年（六年？七年？）没见了，她已经长得比我高，头发又黑又长，牙齿比从前整齐许多，但那张微微突起的嘴，还有那张瘦长、漠然的脸还是很难不让人想到父亲。

她淡笑着唤我“三姐”。我感到亲切又恍惚，耳根突然有点发热。

我们一起陪母亲去吉隆坡医院接受化疗。那是母亲的第二次化疗，她看起来比之前淡定多了。她走在我们前面，大踏步地穿过走廊，经过护士站时还不忘停下来，高声和值班护士打招呼。

“护士小姐，我来啦。”

护士礼貌地微笑。她还记得眼前的这个女人

吗？两周过去，这个女人更瘦更小，左边那绺白发越来越多，那两只眼袋越来越饱满，沉沉地耷拉着，使那双眼睛显得更大，更黑，更教人不忍直视。

女人停下来，从手提袋里拿出几张白色的纸片递给护士。

“这就是我的裁缝铺。你们可以来我这里定制衣服。我有很多马来顾客。我什么都会做，我们那儿的护士小姐穿的制服都是我做的。”

护士依然礼貌地接过那些小纸片。我认得它们。从前我常常在那些白纸片上盖章。那是一个定制的长方形印章，很轻巧，刻有裁缝铺的名字、地址和电话。锦裳裁剪女学院。地址先是丫曳镇主街四十号，后来才是乌拉港美拉花蒂镇十三号。白纸片是母亲的名片，也是顾客取衣服的凭据。母亲会剪下一小块顾客带来的布，用订书机把布订在纸片上，然后写下衣服的制作费用。等顾客来取衣服时，母亲或父亲便以纸片上的布块为依据，在挂着的一整排衣服中找出一样的布。

“这就是我的裁缝铺。”母亲对护士小姐说。

护士小姐当然不会光顾她的裁缝铺。谁会为了一件衣服大老远跑到乌拉港呢？或者，也许护士小姐已经能预知到母亲往后再也无法回到她的裁缝铺？

病房里的人百无聊赖或痛苦地躺着。妹妹躺在母亲的床上，我们漫不经心地闲聊着，很快她便和母亲拌起嘴来。那是母亲还有力气为一些小事发脾气的时日。我们都一样，所有人在那段日子突然变得易怒、焦躁不安。我甚至都想不起来她们到底为了什么争执。金钱？伙食？弟弟？

“你不回来更好。”

“我再回来就是为了参加你的葬礼！”

当妹妹从那场梦惊醒过来，她会不会猛然想起这句话而心里微微震颤，就像我那样？

或者，也许这就是她们母女俩长久以来的相处方式，只是我一直不知道？

毕竟她们俩才是真正相依为命的啊。我们这四个年长的儿女早早地就离家远行，仿佛一去不回头，让她们这两只笼中鸟继续在铁笼里哀鸣、挣扎，永无天日。

那时候妹妹还在上中学。回到家，母亲开门迎接她，常常对她说："阿妹呀，我疼你疼到丢丢啊。"（闽南语，意思是"我疼你疼得不得了啊"。）然后她会亲妹妹的脸，亲得脸颊上都是唾液。偶尔妹妹会笑着问她："我是意外还是礼物呀？"她会寻思一下，然后笑说是礼物，"还好不小心生了你，可以陪我过日子"。

她们确实相濡以沫，只不过彼此的力量太微不足道了。当父亲随手抓来一样东西就往妹妹身上砸，或是用它狠狠地打妹妹时，母亲也只能在旁边大喊大叫，苦苦哀求。偶尔她会勇敢一点，就那么一点点，冲到门口，迅速打开门，好让她的孩子能冲破牢笼，奔向那广阔的世界，再也不回来。

她自己也曾试图冲破牢笼。那天她在医院里告诉我们了。在妹妹去台湾后，她曾离家出走过两次。她说她在我们家旁边的巴士站坐了一会儿，不知道还能去哪里，最后只好回家了。

“我不知道能去哪里，所以就回去了。”

当时我来不及做出任何反应。她下楼时有没有带什么东西？她是不是像平日出门那样，只是带钱包和雨伞？她有足够的钱吗？那个时候父亲在哪里？坐在巴士站的长椅上时，她到底在想什么？

守灵夜我们早早地就离开了殡仪馆。我和妹妹在二姐家过夜，夜里我们仨一边看母亲的遗物，一边说话。当我和二姐回忆起从前的艰难岁月时，妹妹突然抽泣起来。她说没想到我们的处境比她的还要难。那时我才知道原来不久前，她曾匆匆往返于台湾和香港，就为了争取时间找工作，为了能顺利申请到工作签证，继续留在台湾。我意识到我们是如此相像，那么不想回家，不想回到从前的光景，以至于每一次离家都一脸决绝，仿佛做出了什么义无反顾的重大决定。

那次她回台湾也是这样。启程前一晚，她出门和中学同学聚餐，饭后还去唱卡拉 OK 了。见她那么晚还没回家，父亲很恼火，母亲越来越害怕。她怕的是父亲。他已经蓄势待发了。凌晨时分，妹妹终于回家，在厨房里，母亲对着她破口大骂，骂得比任何时候都要凶，也更加粗鄙。骚货。不知廉耻。父亲在他的房间里，这一次他没有冲出来。

清晨，当宣礼塔的第一声召唤响起，妹妹拖着她那只大行李箱离开了我们家。我站在门口目送她离去，就像二十天以前我看着她拖着行李箱上楼那样。母亲已经醒了，但她仍然躺着，没有出来。

乌拉港墨蓝的天空下，妹妹乘坐的出租车缓缓开动，驶过那座荒凉、破败的巴士站，经过那些意兴阑珊的野狗和乌鸦，然后右拐，转入主路，离美拉花蒂镇越来越远。倚着车窗，妹妹抬头看天空，看那座有着金黄色圆顶的苏丹易卜拉欣清真寺，在乌拉港彻底消失之前好好地看一眼这座小镇。那一刻，也许她已经清楚知道昨天夜里是她和母亲的最后一次相处。令人遗憾的是，就像从前那样，这一次母亲也没能很好地保护她。多么熟悉又残酷的感觉。

一个女人的脸

第 一 幕

一切从一张脸开始。那是一个濒死的女人的脸。女人在医院里。病房灯光昏暗。所有人都睡着了，只有这个女人醒着。夜风吹拂女人瘦削的脸颊。她的脸苍白，微微冒着汗，疾病使她的眼窝凹陷，双眼变得空洞又漠然。那天夜里她并不感到痛苦。她已经痛过了。她只是感到困倦，比往常更疲乏和虚弱。

她看见加百列了。其实加百列一直在那里，她只是突然看见他。她很激动，从床上坐起来，迫不及待地对他说话。

女人：阿爸，你来了。你吃了吗？我吃过了。今晚医院的饭菜很好，有鱼、鸡蛋、长豆，我都吃光了。要吃得饱饱的，才有气力。你吃了吗？我这里有饼干，你要不要吃点？是我叫尤妮下楼买的。买了苏打饼干、葡萄干面包和豆奶。（翻弄床头桌上的东西）我想吃加椰面包，但她说卖完了。葡萄干面包也挺好的。我得存点食物，要不然半夜肚子饿了会没有东西吃。你看，我现在瘦成这个样子。太瘦了！（抚摸自己的脸，低头看双手）我给了尤妮十块钱，她说都花光了。一定是她拿走剩下的钱了，你知道，她们是会偷东西的。你要不要吃点（把饼干递给加百列）？

加百列神情忧伤地看着她。

女人：我们是要回家了吗？

女人感到欣喜，但很快那张脸底下便有了隐隐的不安和忧虑。

第 二 幕

一天过去了。加百列回到上帝身边。他感到疲惫，轻轻地叹了口气。他的叹息声几乎无法听见。

加百列：（缓缓地搓脸）真奇怪，她在昨天

夜里就看见我了。她把我认作她的父亲了。她看起来很高兴，对我说了很多话。我不知道该怎么回答。白天她的孩子们来了，她死的时候，他们都在她身边。唯独她的丈夫不在。（吁气）她死的时候并不痛苦。她甚至都不知道自己正在死去。她的身体前后摇晃着，那一刻灵魂正从她的躯壳抽离出来。她晃得越来越快，越来越使劲（不由自主地摇晃起来）。啪的一声，她的灵魂离开了她的躯壳。她先是在病床边徘徊，然后站在那里看着她的孩子。她的女儿太悲恸了，哭得死去活来，灵魂仿佛被撕裂成两半。她的脸扭曲了，嘴巴张得大大的，但已经没有声音从那里出来。她跪下来求告你的名。那又有什么用呢？他们根本不知道死亡是什么。他们不知道她去了哪儿。（摇头）他们无法感受死亡。他们只能承受死亡带给他们的痛苦。有时候我都觉得那像是一场梦。一场迷茫、绝望的梦。我实在厌倦这一切！跟你说这些又有什么用呢？有时候我觉得你一点都不在乎。那么多残酷的生离死别。那些人能明白什么？他们什么都不知道。你没有给我们选择的余地。是，我知道，泥土岂可对团弄它的说："你做什么呢？"这话我们已经听过无数次了！为什么要这样对我？你知道我什么都做不了。我连一丁点安慰都给不了！我知道你在想什么。"这家伙没经历过死亡，怎能知道死亡是什么呢？"的确，很多时候我是能漠视这一切的。我又能做什么呢？生有时，死有时！可是，当我看见那个女人的脸时，就再也受不了了。那样一张真实、无助、充满恐惧的脸，实在令人不忍直视（痛苦地捂脸）。别让我承受我所不能承受的了……

生命之钟再次被敲响。加百列不再说话，他侧耳倾听那低沉回荡的钟声。然后他披上黑斗篷，带上镰刀，纵身一跃。

第三幕

黑夜，无尽的黑夜。夜没有声音，空气凝固、干净。女人穿行在死亡迷宫之中，加百列与她同行。

女人：我什么都看不见……太暗了……这是要去哪儿？

女人转过头来，看着加百列。她笑了，笑得像个孩子似的，无忧无虑。

女人：你长得好像鲮鳙鱼啊。你来得正好，这里太暗了，我有点害怕（忐忑地环顾四周）。

加百列的光映照在女人脸上。那张脸变得柔和了，女人的身体也变得轻盈了。

女人：小时候，一天夜里，家里忽然停电了。那时我们还住在五支的亚答屋，厕所不在屋里，在不远处的可可园里。我突然闹肚子，但又不敢上厕所。外面黑漆漆的，和这里一样。阿爸陪着我，举着手电筒，手电筒的光照在泥地上，吓得那些蟾蜍四处窜逃。我很害怕，一直从木板墙的缝隙找阿爸卷烟的火光。以前的我很胆小，总幻想会有一只黑手从茅厕坑里伸出来。阿爸说不要怕，明天带我去吃冰丸。你吃过冰丸吗？冰冰甜甜的。那时候一颗才一毛钱。小时候我每天都去菜园帮阿爸喷农药、收菜，到了礼拜天，阿爸会带我去吃冰丸。他说种菜很辛苦，吃了冰丸就不苦了。可是那时候我心里想的是怎么样才能离开五支，再也不过那种生活。（停下脚步）我们要去哪里？我不想走了，我想回去……

加百列抖动黑斗篷。无尽的黑暗瞬间将女人吞没。

五个月前，亚英入院接受胆囊切除手术。那时候可怕的癌细胞正在她的身体里野蛮生长。亚英不知道自己即将死去。不过她总是感到害怕，时时刻刻都被一股莫名的恐惧深深困扰着。她独自一人在医院度过了漫长的四个夜晚。她以为那是她一生中最孤独的时光。她不知道就在短短的几个月后，她将在孤独和黑暗中死去。那才是真正的孤独，受困于无尽的至暗之境，永远不见天日。

星期天

我很害怕。明天就要动手术了。医生说别害怕，不过是个小手术。但我还是很害怕。我睡不着，满脑子都是可怕的想法——万一我再也醒不来呢？亚珍就是死在手术台上的。她就是再也没有醒来。她一个人先走了。我会不会像她那样永远醒不来？不会的。算命佬说过我会活到九十三岁的。还有三十三年。不可能这么短命。我的生命线明明很长……万一我再也醒不来，那亚添怎么办？他一个人怎么过？还有阿祥和阿娟。阿祥还没有结婚，阿娟还没有孩子。他们怎么办？是不是我做错了什么？是不是我做了什么坏事，所以神要带走我？一定是因为我没有照顾阿母，所以神在报应我。阿母走时，我不在她身边。我没有照顾她，没有经常去看她。我没有办法。日子很艰苦。如果我不拼命做，我们吃什么？阿母也很艰苦，躺在床上这么多年，最后连话都说不了。我应该多去看她的。但我就是做不到。现在轮到我了。下一个会不会是我？我会不会再也醒不来？为什么我的肚子里会有石头？我是不是遇到了什么肮脏的东西？人说肚子长石头是因为不干净，真是这样吗？我会不会死？我还有很多事还没有做。我没有出过国。等我退休了，我就要四处旅行。等我老了，我要开一家养老院，和亚丽她们一起住。如果我能渡过这个劫，我一定要做这些事。可是我还有时间吗？阿母，别带我走……我很怕……

星期二

那场梦真奇怪。那是梦吗？那是什么地方？一个人都没有。周围没有声音，好像连空气都没有。那些草真绿。那个迷宫，里面有什么？一排一排的树，那么多，看不到尽头。那个男人是谁？我不认识他，他怎么会知道我的名字？他不停地喊“林秀英”。我想回头看他的脸，但当我一回头，就醒过来了。我还活着，真好。昨天夜里太吓人了，差点就要死去。从来没有那种感觉，浑身乏力，气息越来越薄弱，好像很快就会昏过去，再也不会醒来。死就是这样子的吗？慢慢地失去呼吸的能力，然后什么都看不见、听不见？地狱是一片漆黑的吗？到底有没有天堂？阿母和阿爸在哪里？他们在一起吗？幸好能把他们葬在一起。假如我死了，我也不想被火葬。被火烧一定很痛。我好累。伤口有点疼。终于把那些石头取出来了。我想穿衣服。

星期三

明天就可以回家了。我想回家。白天阿添来了。他给我买了曼煎粿，我很久没吃过曼煎粿了。别以为他是特意来看我的，他来是为了钱。又要交店租和水费了。入院前我忘了给他钱，他就东翻西找起来了。他发现我藏在枕头里的银行簿了。他说是换床单时发现的，我敢打赌他在说谎。他就是那种见钱眼开的人，你逃不过他的眼睛。我是不是上辈子欠他太多了，所以这辈子这么苦？他不出去挣钱，我也没办法，只能拼命做，拼命做。不过会好的，阿祥已经毕业，我没有什么可烦恼的了。明天就能回家了。回到家后要赶紧开工，丽萨快结婚了，得先把她的可峇雅做好。肚子里的石头真的不在了？我好像能感觉到它们……不，不在了，医生已经给我看过了。六颗黑黑的小石头，不知道它们是怎么在我肚子里长起来的。如果手术失败，我会不会死？如果我死了，我会不会遗憾？人生真是苦短，转眼间一切就要结束，好像走了很长很远的路，却好像哪儿都到不了。如果可以从头来过，我要做什么？我会过着不一样的生活吗？有人说如果我是男孩，我就能成为像李金狮那样的大人物。可惜我是女孩。阿母不让我念书，她要我到菜园割菜。那时候我总觉得日头赤炎炎，日子长又苦，其实这日子一眨眼就过去了。

我在医院动了一场小手术。医生在我的诊断书上写下了这行字：

> 子宫内膜病变。子宫多发平滑肌瘤。右卵巢囊肿。双输卵管系膜囊肿。脂肪肝。高胆固醇血症。

解决方法很简单。“病损切除术”，她继续写道。只要在腹部切三个小口就行。“一点都不危险，”她先是这样说，紧接着又说道，“不过所有手术都有风险。”

很长一段时间，我在夜晚是睡不着的。不是为了熬夜写作，而是实在无法入眠。我总是感到恐惧。我躺在紧贴着窗户的床上，一会儿轻轻掀开窗帘，看看夜空、树木和新世界百货商场，一会儿屏住呼吸，看着夏木，就好像即将有什么事要发生似的。暴雨将至。

一年以前，在那间屋子里确实发生过一件事。一个阴冷的夜晚，在人们说的“狼的时刻”，夏木在睡梦中第一次癫痫发作。他的咆哮声划破了黑夜，他像一头癫狂又愤怒的公牛，眼睛睁得鼓鼓的，不停地颤抖、痉挛、喘息。那一刻我以为他的灵魂正在被恶魔撕扯。毕竟这样的事我从前只是耳闻，并没有亲眼见到过。

六姨妈说外婆去世前曾见到天使。当时她在外婆身边，外婆躺在床上，右手指着天花板，气若游丝地笑着说“天使，天使”。她的眼珠突然像猫的眼睛那样闪烁着幽微的绿光。六姨妈抬头看了看天花板。当然她什么都看不见。

据说母亲死前也看见了“一个人”。“那个人很好，要跟他说谢谢。”她指着前方说。弟弟转过头，只见一个陌生的病人坐在床上，没有什么良善的男人。

我从来不敢真的去想象母亲见到的那个人的

样子。我害怕我见到的是我早已在许多传说中听闻的可怕的脸。牛头马面之类的东西。怎么会有那样的生物？

突然有一天，我的脑海里蹦出这样一个想法——天使就是死神。那时我正在养病，昼夜不分地躺在我们的“小旅馆”里。我在想母亲看见的“那个人”究竟是谁。在目睹这样一个女人的死亡时，他有什么感觉？他和我们一样悲痛欲绝吗？如果是，那为什么他允许这场悲剧发生？如果不，那他就真的是死神，而不是什么天使了。这不奇怪。看看《第七封印》里的那个骑士。那个痛苦、真实、迷茫的布洛克，连他都把死神认作神父了。

在医院的第一个夜晚，我蜷缩在被窝里抽泣了很久。我在为自己哭泣（别唉声叹气的）。我还祈祷了。至少那听起来像是一次忧伤、痛悔的祈祷。我还听见自己对母亲说话，“妈妈，别带我走”。我想到了夏木，想到那些被荒废的时光，还有那些曾经作出的荒唐的、充满了悲剧意味的决定。只是这样的呼求又有什么用呢？

第二天，一个女人把我推到了手术室。我躺在手术室外，身体被一条棉被裹得严严的，无法动弹。我在那里躺了好一会儿，看着人们进进出出，听着从手术室里传来的各种声音。做完这台就该下班了。王志国，该醒了。嘟——嘟——嘟。墙上的白色大时钟上，秒针像一只怯懦的老鼠正在奋力地向前爬。每扇门外都有天使在守候此刻正躺在手术台上的人。那些人的命运是一盘棋。死神拖着又长又锋利、透着冷峻白光的镰刀在走廊上来回游荡，寻找可以吞吃的羊。

我做了一个梦。我站在一丛翠绿色的灌木前。灌木无边无际，是一座美丽的花园迷宫。没有声音，没有风。就在我抬起脚，准备走进灌木丛时，我听见夏木的声音。他在呼唤我。他伸出手来，想触碰我的肩膀。我回过头去看他。然后我便醒过来了。

小林，该醒了。

那迷宫是地狱之门还是永生之门？我想起

《呼喊与细语》里艾格尼丝走过的至暗之境。那里也是外婆和母亲走过的地方。夏木也险些去了那里。那是真正的永无天日，彻骨的黑暗和寒冷，人人都孑然一身面对自己的死亡。

几天后，一场梦又悄然而至。我看见两个新娘端坐在华丽的戏台上。她们被笼罩在一片红光之中。我想走近去看她们的脸。突然一阵骚动，人们行色匆匆，一个男孩对着我又笑又叫。

女鬼结婚。女鬼结婚。

猛然间我看见自己的脸就在那片红光之中。

现在你知道我害怕的是什么了。

妈妈来过中国。不是为了参加我的毕业典礼，她是和大姐来旅游的。或许她也想来看看我。总之对我来说那不是一次愉快的旅行。一张照片使关于那场旅行的回忆和我当时的感觉缓缓流淌过来。那张照片此刻悬挂在裁缝铺的墙上，呆板的褐色相框，渐渐淡去的色彩。照片的左下角有一行数字——2010-10-19。那是照片上还会印着日期的年月。三个女人（尽管其中一个尚未步入婚姻）站在紫禁城的神武门前，背后是写着“故宫博物院”的石匾和熙攘的人群。最年长的那个女人站在中间，她的长女在她的左侧，双手挽着她的胳膊，只有左边的嘴角微微上扬着。矜持、内敛，试图展露温顺的一面的笑容。右侧的那个女儿没有挽着她，而是将手插进外套的口袋里。她的笑容更加淡漠。她和她们之间似乎有些许疏离，也许她在渴望自己看起来有点与众不同，最好是能摆出一副事不关己的嘴脸。

“别唉声叹气的！”第一天大姐就这样训斥我了。当时我正带她们参观我的住处——惠惠的家。其实她们也只不过是把装满了食物和沐浴用品的行李箱带到我的房间，并在那里停留了一小会儿。那个行李箱里的东西全是送给我的礼物。

当时的我正在为自己的前途感到心烦意乱。我毕业了，但还没找到工作。打从夏天起我就寄居在惠惠的房子里，一边在咖啡馆当侍应生，一边寻找更好的工作机会。我不想在这样的时刻见任何人。她们为什么偏偏在这时候来呢？

我还得替她们找住处。很快我就找到了。我把她们安置在埃丝特的家里。埃丝特是我在教会认识的朋友，那几天她的公婆和儿子恰巧出远门，所以能把房间借给我们。

没过两天我们又闹别扭了。妈妈爱慕虚荣的毛病又犯了，在出租车里，她说个不停，什么大房子呀，埃丝特夫妇多能干呀之类的。我望着前方，大姐别过头望着窗外。

“也不想想他们的父母帮了他们多少忙！”大姐突然开口说话。

只要说这样一句话就足以使妈妈抿紧嘴唇，不再言语。

一年半后，妈妈再次来北京时，我已经是个新婚的妻子了。我离开了惠惠的公寓，和夏木在金台西路的一座老房子里安顿下来。那是一座阴郁、潮湿、常常有大蟑螂光顾的老旧公寓，许多个午后，我独自一人坐在窗边的书桌前发愣、流泪，绝望又无所适从。

等妈妈到来后，我的婚后抑郁莫名地消失了。我打开门，让她闯入我的生活。她欢快地和我打招呼，径直走向客厅。即便她并没有像夏木的母亲那样从头到尾将我们的家看了个遍，我知道她当下就清楚我们的光景，我们的处境。

我给她沏美禄。我叮嘱她吃东西时别随意碰东西。“你比爸爸还爱干净哟。”她说得没错，我变了，变得拘谨、刻薄、挑剔，越来越像父亲。我不知道为什么会这样。

那些日子我给几个外国家庭的孩子当中文家教。当我备课时，母亲坐在沙发上帮我剪生词卡。我不小心多印了两张，她把它们折起来，放到手提袋里。“我拿回去给人看，让他们知道这是你做的。”她说。

然后她提到了未来。她嘴里的未来总是乐观、明朗又饱含苦尽甘来的意味。我想起那些下南洋，刻苦耐劳、坚韧的先人。我对他们充满了敬畏，却又在想到他们时感到害怕、力不从心。

“可以在这里摆张桌子，再摆几张椅子。”她环顾狭窄的客厅，迅速而果断地给出了她的“战略方针”。

“一定可以的。慢慢做，越做越大，所有人都是这样的。”她紧接着说。

当她说“所有人”时，我知道她说的是大姐和她自己。两个白手起家的女人，和祖辈一样坚强、目光坚定，堪称完美的典范。人人都对这样的故事着迷不已。

我什么都没有做。她知道什么？这里不是乌拉港。这么逼仄而又一尘不染的房子是永远不会欢迎访客的。我是不会让那些中产阶级看见我的窘迫和挣扎的。他们也不会对这些感兴趣。

这不是我要的生活。那时候我已经知道自己想成为一个作家。只是不知为何我没有付诸行动，也不知道应该要有破釜沉舟的勇气。我还要考虑吃饭和未来的问题。我知道自己教书教得不错，受到学生和家长的欢迎，这是一条最好走（可一点都不轻松）的路了。

但是，此时此刻，当我回望过去，我惊讶地

发现那是一段多么混乱、愚蠢、模糊的悠长时光。我不知道是谁把我带到那里，不知道为什么我会这样，选择这个，拒绝那个。当我为了在次日或第三日能从容、魅力四射地站在讲台上而独自一人留在空荡荡的教室或死寂的教师办公室里备课时，我是在填补我那空洞的虚荣心吗？

“女孩嘛，当个老师就挺不错的。”“你真有爱心。”“当老师可好了，有那么多的假期。”是谁对我们说这样的话？他们认识我们，知道我们是谁吗？

我们后来离开了金台西路，搬到广顺南大街的一处两居室公寓。我在一所美国人创办的国际学校谋到了教职，聘用合约上还有这样一项激动人心的条款：

每月七千元的房租补贴。

于是我们搬进去了。那房子比金台西路的宽敞许多，也更新、更漂亮。一夜之间我们摇身一变，成为向往已久的中产阶层，所有的烦恼仿佛也都随之消失殆尽。这一次我没有去想这究竟是不是我要的生活了。我看见的只是机会和无忧无虑的未来。

我几乎是迫不及待地把这个好消息告诉家人。我在视频通话里向母亲和姐姐展示我们的新家。带浴缸的浴室。和墙壁连成一体的大衣橱。L 形卡其色布沙发。

“好会享受哟。”母亲说。

我们在广顺南大街住了整整七年。母亲没有去过那间房子。她也没再来北京。后来我真的在家里“摆张桌子，再摆几张椅子”，办起绘本课来。不过那也只是短暂的几个月而已。我最终还是摆脱了那种生活。

我们家的最后一个春节充满了悲凉的意味。热闹还是热闹的，甚至比往年还要热闹，因为所有人都来了。也许母亲已经预感到那将是她最后的春节。于是她像一只濒死的天鹅，奋不顾身地发出最后的哀嚎。日日夜夜，她都摆出一副孤傲、决绝的面孔，穿梭于各个房间之间。她不停地捣鼓、清扫、收拾，悄悄把那些她视为肮脏不堪或足以透露这个家庭破败景况的对象扔到后巷的垃圾堆里。生锈的削皮刀。泛黄的擦手巾。用了多年的筷子和锅铲。弟弟高中时代的情书。

父亲的一只袜子不见了。他很生气，说是她扔了他的袜子。

“你怎么就看不顺眼这一切？”他恼怒地找着另一双袜子。

“我没有动过你的袜子。我怎么会动它们呢？”

“你总是在跟我作对！为什么你要这样对我？”穿上另一双袜子后，父亲匆匆出门了。

现在我相信母亲没有碰过父亲的袜子了。她怎么敢那样做呢？

可那几天一切都不对劲。我们感到疲惫、颓丧，天气还热得令人发昏。仿佛只有母亲一个人干劲十足。看着她忙进忙出，看着她被父亲怒骂、羞辱，我伤心又愤怒，却什么都没有做。

我在生她的闷气。为了过节，她没有事先告

诉我们便推迟了化疗的日子。我是从护士口中知道这件事的。而要陪她度过化疗的艰难时刻的人恰恰是我。这是我回家的唯一目的。现在计划被搅乱了。她化疗的日子恰巧是我回北京的日子。这意味着我得拖着行李箱和她一起回到医院，替她安顿好一切，然后从那里乘的士去机场。我无法看着她接受化疗了。一切被她搞砸了。

那时候我深信她这么做是出于迷信的缘故。医院永远是个不吉利的地方。还有就是为了弟弟，她的独生儿子。两个月前弟弟在台湾结婚了，很快他将同他的新婚妻子一起回来过年。这是他们婚后的第一个春节，母亲当然不想错过。

到了她的儿子回来的那一天，她的坐立不安已经到了所有人都无法忍受的地步。她开始令人厌烦和害怕了。当我这样说时，我自己是很悲伤和遗憾的。原来疾病是这样啃啮一个人的。

天还没亮，她便叫嚷着要去医院。她说她不舒服，浑身不自在。她的声音很大，一副底气十足的样子，令人不禁怀疑她只是在无病呻吟。她让我给吉隆坡医院打电话。但那天不是化疗的日子，医院没法接收她，除非她去急诊部。结果我们去了城里的一家私立医院，再次验血、咨询、打点滴，母亲还在休息室里打了会儿盹。在回家的路上，她说了很多话，看起来心满意足的。

弟弟开门迎接我们。还没见到他，母亲便倏地跌坐在楼梯上，手紧握着扶栏，呻吟起来。

“好辛苦啊，好辛苦啊。”

我惊诧极了。刚才她明明没什么不对劲，整个人好好的。怎么一见到她的儿子就变成这样了呢？

后来，当夏木来我们家时，这样的情景又一次出现，她又跌坐在地上，虚弱地呻吟着。

“好辛苦啊，好辛苦啊。”

她这是在博取男人的怜惜吗？我暗暗想到。我忍不住对她冷嘲热讽起来。

在她眼里，我总是在嫉妒弟弟。我不像她那样，她是长女，从前总是帮衬她的弟弟妹妹们。她曾经借还是给她的弟弟，也就是我们的大舅五百块钱，资助他到台湾深造。她告诉我们，在那个年代，那可是一笔不少的钱。“甚至可以是一套房子的首付了！”可以看出她为自己感到自豪，觉得自己很能干。这也是事实。

现在轮到她的弟弟因为她有一个能干的儿子而替她感到高兴和骄傲了。所有人都知道她的儿子是芯片工程师，已经在台湾落地生根，还是个孝顺的孩子。

“你们的阿祥真厉害。”春节前，大舅来看母亲，临走时，他对我和妹妹这样说道。

他说这句话时是竖着大拇指的。我愣了愣，感到像是被尖刺迅速地扎了一下。

大舅的这句话是什么意思呢？难道陪母亲去医院的不是我们这几个女儿吗？难道我们没有尽自己的力出一点点钱吗？是母亲对他说了些什么吗？

你们的阿祥真厉害。

几天后，那种针扎的刺痛感再次出现，而且更加强烈。那是在年初二，在家庭聚会上。所有人都来了。母亲的兄弟姐妹，还有他们的孩子、孙子们。屋里到处都是人。我们在母亲的裁缝铺或客厅吃饭、叙旧。

“一切你都包揽了？”当聊到母亲的医疗费时，二姨父突然这样问弟弟。

“没有啦。”弟弟说。

我默默地看着眼前的这些男人。很快我便回到房间，打开空调，躺在床上。外面的人继续吃着东西，没完没了地说着话。在这片脆弱、虚假的喧闹之中，也许只有我一个人是意兴阑珊的。

那个春节令人沮丧和烦闷的不止这些。除了那场家庭聚会，我们还在港边的海鲜楼庆祝母亲的生日。我们原本打算只是我们一家人一起吃顿饭，不邀请别人，结果母亲还是把二舅一家叫来了。我们赶忙从隔壁的桌子拉来几把椅子。整张饭桌挤得满满的。

那顿饭花了很长时间才吃完。母亲很想吃盆菜，所以我们提前预订了一份。那是我们第一次吃盆菜。我们还吃她喜爱的斑斓千层蛋糕了。饭菜多得根本吃不完。

我很少想起那顿晚餐。因为我想的总是大舅和二姨父的话。母亲走后，即便我一遍又一遍地看那些她在最后的日子里拍的照片，我也很少看那天晚上的照片。那晚夏木照了很多照片，有在海鲜楼照的，也有在家门前照的。晚饭后我们和大姐的孩子们在路边放烟花了。

为了更准确地回忆那个夜晚，我把那些照片找出来了。我惊讶地发现里面没有母亲与我的合影。我们照了几张全家福，我在最靠外的位置，母亲在另一头，离得远远的。其余的都是她的单人照和她与其他人的合影。她和弟弟，她和二舅，她和二舅一家，她和父亲。她瘦得惊人，简直惨不忍睹。

在一张照片里，我们难得离对方近一些。那是在家门前，母亲倚在门上，大姐、妹妹和我围着她说话。我看见母亲的脸、姐妹们的侧脸和自己的背影。我正背着手，面朝母亲。我认得那姿势。每当我想摆出一副事不关己的模样时，我便会那样背着手。我在聆听，却又不在乎眼前的一切。

母亲看着我。她看起来有些许迟疑和哀怨。她的嘴微微张着。她在和我们说着话。她在说什么呢？那个晚上，在结束了一场热闹却令人感到疲惫的家庭聚餐后，我们究竟聊什么了？我们是否责怪她没有事先告诉我们便邀请了二舅？那些日子她总在为她弟弟的生活忧心忡忡。我有没有因为她的殷勤而愤懑，甚至嗤之以鼻，就像往常那样？

我记得的是那最后一日。我和夏木陪她去医院，第二天再从那里启程回北京。安顿下来后，她躺在床上休息，我给她看弟弟刚刚从冰岛发来的照片。当时他和妻子正在欧洲蜜月旅行，他让母亲看他们的早餐。母亲以为那鹅黄色的奶酪是煎蛋，于是弟弟发了张煎蛋的照片给她看。她侧卧着，为了看得更清楚，她的脸离手机非常近。我详细地给她描述那些照片。她专注地听着，突然笑着发出一声赞叹。有那么一瞬间，她的双眼仿佛闪烁着泪光，那张笑着的脸像是在无声哭泣。

我不禁悲从中来。先前得意扬扬的感觉消失了。当我不厌其烦地向母亲展示那些照片时，那就像是离开前的最后报复，是我对她的最后一击，我甚至能听见自己内心深处的声音，“看你的儿子，他度蜜月去了，他并没有留下来”。

但这一切又有什么意义呢？所有人，我们所有人都先后或嫌恶或遗弃了这个女人。我们都一样。

往后的春节，我都没有回乌拉港。起初是因为没钱和感觉没有回去的必要。我原本就很少回去。后来新冠病毒大流行倒是为我提供了不可违抗的理由。难以远行。机票和隔离费用贵得惊人。出不了门。然后我也不再去夏木父母的家过节了。

我感到疲惫不堪。那些红彤彤的装饰品，那些闹哄哄、食物多得惊人的宴席，凌晨时分吓得人心惊胆战的爆竹，勉强、乏味的寒暄问暖，阴郁的天空，这一切都使我烦闷又厌倦。

但那不是夏木父母家的春节。在他们家，你不会看到那些东西。窗户上早就不贴窗花或吊钱儿了，也没有烟花和鞭炮。餐桌上永远是一盘又一盘的饺子，还有素什锦以及两锅味道和颜色都一样的炖猪肉和炖牛肉。然后是简短、克制的交谈，直到沉默和疲乏蔓延至整座房子。是时候离开了。

那我究竟在逃避或抵抗什么呢？

母亲病倒后，父亲对她渐渐失去了耐心。任何事情都可能使他爆发。刻薄、令人不寒而栗的话轻易就从他口中冲出来。

“结婚四十年，你连一杯茶都没有给我泡过。”

“你这个做儿媳妇的，从来没有照顾过我的母亲，这就是你的报应。”

直到母亲逝世后，我才仿佛终于有时间坐下来想想她的样子，回忆从前在丫曳镇和乌拉港的生活。我暗暗感到诧异，因为我发现自己在离家后从来没有想象她的生活。她孤单吗？恐惧吗？她每一天都是怎么过的？

但我也没有后悔离开乌拉港。我生来就是要离开的。

此时此刻，我缓缓回想起她的样子，看见的是一个俯身埋头在胜家缝纫机前的女人的侧影。她是那样专注，以致看起来总是神色凝重。柔软、缤纷，有时散发着淡淡香气的布料从缝纫桌松弛地下垂，覆盖着她的双腿。她穿着自己缝制的七分裤。年轻的时候，她穿的是及膝窄裙，紫色的，蓝色的，花花绿绿的。在她脚边或不远处总会有一个或两个孩子，要么坐在地上模仿她，用剪刀剪布头或纸张，要么像真正的小助手那样，全神贯注地为纽扣分类和整理线卷。一个女孩经常用裁缝画粉在桌上或纸上涂涂写写。她画的不是服装裁剪图，而是各种歪歪扭扭的拉丁字母和方块字。她对那笨重、闪着金光的缝纫机丝毫不感兴趣。长大后，她不会成为一名裁缝。

二年级时，我们开始在课堂上写《我的自述》。我把妈妈也写进去了。我把作业簿带回家，倚着缝纫机问妈妈各种问题。

你叫什么名字？

你今年几岁？

你的爱好是什么？

种花。妈妈想了想，说道。

我微微纳闷了一下。她哪儿有种什么花呢？从来没见她碰过一粒种子或泥土呀。

你是做什么的？

那我的愿望是什么？

写“律师”吧，你那么会说话。妈妈说。

然后在三年级那年，我们俩同时发现了“作文”这个新奇的玩意。

我从书展带回来一本白封皮的《小三看图作文》，坐在裁缝铺里一页一页地读着。很快我便拿起笔，看着那些图画，写下一个又一个自己的故事。我把我的故事拿给妈妈看。

你写吧，可以写一本《小虹看图作文》。妈妈看起来兴致很高。

那时候我们都不知道“小三”指的是小学三年级。我们还以为那些故事都是一个叫小三的女孩写的。

我要像“小三”那样写故事。我也能写故事。我这样想。

你是做什么的?

她哪儿有时间种那些花花草草呢?她既是一个出色的裁缝,又是妻子和母亲。她还时不时需要背负长女的责任。在我贫瘠的回忆里,那个永远在缝纫机前低着头的女人每天都做着同样的事——工作,做饭,工作,做饭,工作。这是真的。在她死后,突然有一天我意识到原来她的生活是这样子的。从早到晚,她来回穿梭于厨房和她的裁缝铺之间,几乎是行色匆匆的。很少见到她有犹豫、踟蹰不前的时候。所有人都以为她是个雷厉风行的女人。

她到底是怎么做到的?

这几年我的日子越来越单调。辞职后,我每天做的便是写作、读书和做家务。日复一日地做着这些微不足道的事,我常常是孤独又贫穷的。站在洗碗池前,我总是望着窗外,想着母亲和那天要写的东西。我想象母亲在厨房的情景。我试着回忆她隐没在锅碗瓢盆里的身影。是谁决定这就是女人的天职？“你们做饭吗？”当人们这样问一对夫妻时，他们有没有想是谁一直在做着这件乏味又充满挑战的事？

曾经夏木的父母就很喜欢谈论下厨这件事。他们几乎从来不上馆子。外面的食物不如家里的干净，他们这样说。你做饭吗？都做些什么呢？夏木的母亲问我，微笑着等待我的回答。

咖喱、意大利面、炒饭，还有煲各种汤。我说。后来我还会做意式炖羊肉、猪肉角煮、麻油鸡、鲑鱼奶油炊饭，但我没有告诉她。我们已经不聊这些了。

我想我正在抵抗一种看似坚不可摧的东西。它散发着宿命论的腐朽气息，偶尔还带有一丝危险的甜蜜，是甜蜜的砒霜。我在拒绝一种约定俗成的生活。

除夕我从麦当劳买了汉堡和炸薯条当午餐。夏木去看他的父母了。吃着吃着，突然想起某年除夕夜我也是这样一个人在巴黎北站对面的麦当劳吃汉堡和炸薯条。吃饱了就斜倚在床上，躺着躺着就溜进被窝里。读了几页诗，睡着了，醒来便读小说。窗外的烟火寂寞而遥远，那一刻我感到安全极了。这是我自己的生活，是我想过的日子，我这样想。这是自由的感觉。

而这样的自由母亲是很少有的。除了在除夕那天准备团圆饭，母亲在年初二还得做饭给姑姑们和她们的家人吃。长久以来，父亲视乌拉港的房子为祖产，于是每年春节都会请姑姑们和她们的家人到我们家吃饭。那是母亲格外忙碌的一天，上午做饭，午饭后收拾厨房、洗澡，午后或傍晚拖着我们去外婆家。她终于可以回娘家了。

回娘家也许能让她停下来喘一口气。现在她是一个嫁出去的女儿和大姐，她的丈夫不在，她可以和她的母亲及妹妹们坐着说会儿话了。她们围坐在餐桌前，一边择菜，一边大声聊天。有时是两个或三个人紧挨着彼此，窃窃私语起来。

我记得母亲和外婆说话时的样子。外婆瘦小

的身躯埋在椅子里，母亲一只胳膊搭在椅背上，侧过身来对着她。她比她的母亲高大许多。她的母亲总是很腼腆，声量很低，笑的时候从来不会发出声音。她好像不是一个性格强硬的人，也似乎不擅长表态或给自己的孩子提建议。

她们在说什么呢？那个总是在缝纫机前低头工作的女儿有没有告诉她的母亲她的生活很艰难，她的丈夫脾气很暴躁？她有没有抱怨生活不易，就像当年抱怨种菜很苦那样？

“种菜太苦了，我不想这样下去。”

如果有，那她的母亲能为她做些什么吗？

那时候的女人如果不依靠娘家，日子是不是会更难过？

小时候，有几年的时光，外公有时候会骑摩托给我们送来一小锅海参炖猪脚。他来不了的话就会让六姨妈搭巴士来。学校放假时，四姨妈、五姨妈和六姨妈会轮流来我们家住，在裁缝铺里干活儿和照顾年幼的我们。母亲会为她的妹妹们缝制新衣裳。有段不长的时光，四姨妈索性搬到我们家，在附近的中学上学。四姨妈出门时经常会带着我，是我最亲近的姨妈。

这是母亲的娘家给我留下的回忆。这样的回忆在往后的岁月越来越少，因为母亲的妹妹们都长大成家，有自己的日子要过了。

我的娘家在遥远的地方，所以我一直感觉自己就像是个没有娘家的人。我说这话时心里一点都不觉得苦。这是我自己的选择。我没有办法过那种娘家近在咫尺的日子。

我也无法离夏木父母的家太近。那不是我的家。我总是希望自己的生活始终与那个家毫无干系。我们过着的是一种在对方看来极为陌生的生活。他们永远无法理解我，我也永远无法接纳他们。尽可能地相敬如宾是最理想的对策。

我终归只能成为一个自己，只能拥有一个自己的家。那是我和夏木的家，我们的家。在这个家，我热切希望自己是一个女人（仅仅是生理意义上的），不是妻子、母亲、女儿或儿媳妇。我们在这个家里挣扎、彷徨，也在彼此里面寻找自由和快乐。这样的生活仿如星光弥漫的罗讷河，是玫瑰色的乌托邦。

母亲有没有憧憬过她的爱情？她知道幸福的婚姻是什么样子的吗？

我见过两张母亲的结婚照。在那张只有她一个人的照片里，她笑得更灿烂，看起来是那么乐观、亮丽。她化妆了，眉毛描得很细，牙齿又白又整齐，唇膏是暗红色的。她的婚纱是她自己缝制的，这在我看来是一件了不起的事。那个年代流行的是立领、喇叭袖、拖尾、花边头纱、白手套。她手里捧着的也是当时流行的捧花，点缀着绿叶和丝带的淡粉色塑料玫瑰。她的背后是一幅如梦如幻的风景画，典型的北欧风光，雪山、冷杉、清澈又平静的湖水。那是许多人向往的人间天堂。她从来没有去过那里。

她看起来有点娇小，一点都不像我熟悉的妈妈。她也没有像后来那样戴着厚厚的眼镜，那时的她还没有近视。

在另一张照片里，她腼腆地笑着，她的丈夫笑得比她灿烂。现在轮到他看起来是那么自信和乐观了。他穿着普通的黑西装，系着一条横条纹领带，还像模像样地别了一枚领带夹。他的胸口有一朵淡粉色的塑料花。他的头发又黑又密，我从来没有见过他有那么厚的头发。原来他的眼睛是单眼皮的。他的耳朵竟然那么薄，那么大。

一九七六年，她二十一岁，他二十六岁。他们好像认识不满一年就结婚了。在那之前，母亲有过两个情人。她不止一次提到那两段爱情，不过都是在重复一样的故事情节。第一个情人是个帅小伙子，性情温和，母亲在他姐姐的理发厅工作。遗憾的是他们的恋情被“不怀好意”的旁人破坏了。第二个情人来自中产阶级家庭，自小接受英文教育，人们会说那是“高贵的家庭”，和我们不一样。那个男孩很喜欢母亲。他带她回家见父母，就在车子刚驶上家门前的木桥时，桥突然断了。不祥的预兆。果然不久后男孩的母亲便阻止他们继续交往下去。这也是我第一次听说

“门当户对”这个说法。母亲在失去两个情人后感到伤心欲绝，不过她回忆起那些往事时似乎不怎么伤感。

那和父亲的爱情呢？他嘴巴可甜了，母亲笑眯眯地说。父亲会请她去看电影，会花五角钱买一支冰激凌甜筒给她。父亲还常常等她放工，就像从前夏木经常等我下课那样。那时的母亲刚开始经营她的裁缝铺，她终于成为一个老板。这是她的梦想。她的裁缝铺直到她彻底病倒以后才永远关闭。

才二十一岁。我二十一岁时在做什么呢？从前我常常在他们的房间里玩，偷偷穿母亲结婚时穿的晚礼服。那件粉色的晚礼服也是她亲手缝制的。它缀满了亮片和珠子，让人想到舞台上璀璨耀眼的明星。袖子很长，裙摆完全遮盖双腿，镜子中的我就像是一尾粉红色的人鱼。婚姻好像也是这样子的，过着过着就使人陷入人鱼公主的困境。

照片里的那对新人于我是陌生的。那个女孩

比我的妈妈漂亮，也快乐多了。她真的是我的妈妈吗？她的牙齿那么白，那么整齐，一点都不像妈妈那口假牙。她的头发充满光泽，也不像妈妈那头卷曲、毛躁的卷发。她的胸部那么平坦，不像印象中的那么丰满又松垮。她的乳晕在生下五个孩子后变得又大又黑。她从来不穿钢圈胸罩。她的胸罩都是我们替她买的。在她死后，当她躺在棺木里时，她的胸部又像从前那样平坦了。

他们是如此年轻，并不知道前方有什么在等待他们。很快他们将迎来第一个孩子，一个乖巧懂事的女孩。那是他们第一次成为父母。没有人告诉他们该怎么做。那个年代人们遵循的是顺其自然的法则。然后是第二个、第三个、第四个及第五个孩子。第四个孩子是个聪颖的男孩，她欣慰不已，终于能扬眉吐气了。

起初他们一起抚养孩子，就像其他父母那样。每天早晨，他骑摩托车载她去丫曳镇。那时候他们住在依约新村，住在他父母的家里。她把裁缝铺开在丫曳镇的主街上，除了为人缝制衣服，也招收了几个学徒。他是雪兰莪巴士有限公司的检票员，不检票的时候便在位于山坡下的巴士总站待着。他不抽烟，也不赌博，没有任何不良嗜好。他是在多年以后才开始沉迷赌博的。

生下第二个女儿后，他们租下了丫曳镇主街上一家百货商店的二楼，从此再也不住在他父母的家里。毕竟那是寄人篱下。他的母亲对她不怎么友好，会故意把米饭泡在水里，让她下班后没有热腾腾的饭菜吃。现在她可以自己做饭了。他会做饭，做得比她好，是他教会她做饭的。后来她做的饭菜越来越可口，他做的却一点都不诱人。我想念她做的摩摩喳喳和芋头排骨。

裁缝铺占据房子的前半部分，他们把其中一个房间出租给录像带出租店，以补贴房租。幼年时我常常在那个墙上贴着疯狂的电影海报，正中央有一张黑色、光滑的吧台桌的房间玩，翻看皱巴巴的录像带目录册和在生字簿上涂涂写写。我第一次学会写“鱼”就是在那里。一个女人在我的本子上写下了繁体的“鱼”，我还以为她给我画了一条鱼。那是我第一次看见象形文字。

我是他们的三女儿。生下我时，她二十七岁。健康卡上写着我是在早晨出生的。这意味着她夜里没睡好。也许整个白天她也不得安宁，忍受着宫缩的疼痛。她应该是坐着她丈夫的轿车去医院的。那时候他们已经拥有汽车。据说当她抱着我回家时，四岁的二女儿充满好奇，说她手中的婴儿很黑，就是个印度宝宝。

安静。不许胡说。妈妈对她说。

这个新生儿不仅带来了财富（尽管还没到大富大贵的地步），还在三年后带来了一个弟弟。那几年裁缝铺的生意相当不错，新衣裳挂得满满的，她还请了两三个女工，招收了十来个学徒。家里每天都闹哄哄的。女孩们就在她身边转，大的还会照顾小的。她为她们缝制漂亮的洋装，从不吝惜给她们零花钱，让她们自己下楼买好吃的。前景仿佛一片光明。养育孩子好像并不那么难。

不能说这日子从某一天起就突然变得艰难。是从什么时候开始变成这个样子的呢？是因为孩子太多吗？是因为他后来再也不出外挣钱吗？还是因为我们这几个孩子在过一种我们原本不应该（不配？）拥有的生活？比如说出国念书（即便我们是领着贷学金或奖学金出去的）？比如说上研究所？或者，比如说像我这样，徒劳无益地写作？

有一段时光，他是不在家的。他去了外坡，和大姑、大姑父一起经营一家咖啡店。其实更像是一个饮料摊，也就是在那种有着各种食品摊的咖啡店售卖饮料。当他回家时，他会给我一大把硬币做零花钱。不过没多久他就彻底回来了。饮料摊不知何故就经营不下去了。这也不是什么新鲜事，他已经换过好几份工作了。

后来他不在家是因为他在赌场里赌博。他从他父亲那里继承了一大笔钱。用他的话来说，他是在“花自己的钱”。他为自己至少没有使我们无家可归感到心安理得。

钱花光了，他就老老实实待在家里，做家务，择菜、煮米饭、洗碗、倒垃圾、打扫屋子，还在裁缝铺里熨布和充当我们的司机。他过着规律的生活，每天散步、午睡、读报纸，从来不暴饮暴食。他总说这个家不能没有他，抱怨我们不尊重他。

“人为财死，鸟为食亡！”他还说她成天只知道挣钱，只会宠孩子。

对于他再也不出外工作，她是习以为常，也不敢说什么的。她是很爱面子的女人。她恐惧没有他的生活。她应该也还是爱着他的。“他不工作也不打紧，但他还总骂人！”她感到无可奈何。

他确实无法控制自己的脾气。一生气就扔东西。碗碟、热水壶、风扇。暴怒时就随手抓起一样东西用来打他们的孩子。后来她就不怎么买玻璃或陶瓷餐具了。我讨厌那些总也洗不干净的塑料碗和那些倒映出我的脸的不锈钢碗。

她倚赖他。不是经济上的，而是精神上的。这在许多人看来是很荒诞的。她不会开车，所以得依靠他开车载她出门。碰到他情绪不好时，她就甭想出门，不然就得屏住呼吸，忍受他一路上的咒骂和超速驾驶。

不知不觉中她就变得害怕他，害怕他不高兴，害怕他不会照顾好自己。然后她要我们和她一样。

“爸爸不会同意的。”

“爸爸会生气的！”

他不喜欢她给娘家人打电话，会在一旁听她和人说话。然后在挂电话后，他会想知道她们聊了什么，会数落、挖苦她。于是她改为他不在时才打电话。某天午后，我打电话回家，正巧他不在，她兴冲冲地和我说了很多。突然她听到他在楼下开门的声音，便匆匆忙忙挂了电话。我们甚至没来得及说再见。

如果不是离开乌拉港，不是越走越远，我是不会意识到这些问题的。它们确实是问题。从前它们是你生活的一部分，你也在它们里面渐渐变成眼前的这个你。你没有反抗，你以为生活就是这样的。

连她都在承受这一切了，你又怎么可能幸免于难？

当最后一个孩子也离开乌拉港后，就剩下她独自面对他和所有的恐惧了。

往后的岁月，似乎有一段不算短的时间，他俩的感情相当融洽。他们成了人们口中的空巢老人，眼下他们真的就只有彼此了。他们仿佛又回到了最初的时光，只不过一同抚养的不是孩子，而是他们的生活：

晨运——到“过港”吃早餐和买菜——干活——吃午餐——干活（他睡一会儿）——喝下午茶——干活——吃晚餐——干活（他读报纸或看新闻）——睡觉（他永远比她早上床，也比她早醒来）。他们的生活应该是这样的。我想就是这个样子的。不然就是她没有告诉我们发生了什么事。

坐在餐桌边时，他们会谈论在远方的孩子们吗？她依然为金钱忧心忡忡，她总是如此。那么他呢？他担忧、挂念的是什么？他们会想起从前的日子，那些“无论好坏，无论健康或病痛，都愿意爱护、尊重你，直到死亡将我们分开”的日子吗？

他们渐渐老去。五个孩子里，有四个已经大到不再需要他们了。面对这个事实，他们是否感到安慰又失落？

在养育孩子这件事上，也许他们已经尽力了。或是说他们觉得自己已经尽力。谁知道呢。不过，说实话，没尽力又怎么样？他们的父母也没尽力，或是没有办法尽力。人总是软弱的。

也许最令人难过的是他没能送她上路。就像她的父母那样，她被送往仙境山庄时，他并没有和她在一起。外公走时，外婆也只能站在门口看着外公离去。这个禁忌已经流传久远。总是有这样或那样的禁忌，别回头，别说话，不许看，不要碰。

就连她的牌位也不在他们的家里。神龛上只有祖父、祖母和二伯的神主牌。只有儿子才有资格立牌位。于是她沦落为孤零零的孤魂野鬼。我们自然是不愿意相信这些的。尽管后来他没有再去墓园看她，到了清明，他们的女儿还是会去看她，给她带去一束白菊花。

从此他独自在乌拉港生活，他的生活不再有她。他想过要搬家，搬到“过港”或其他地方，但后来这个念头被他自己打消了。往后他将继续在那座房子里活着，一个人活着，那些“她曾在这里”的痕迹正在一点一点地消失。

但它们不会无影无踪。墙上的照片还在，她睡过的床和坐过的椅子、她的裁剪桌、她的剪刀、她在新慧服装美容女学院获得的毕业证书、她触摸过的墙和门把、她看过的窗外的风景，这一切都还在。他必须适应这样的新生活。他已经适应了。

钱永远是个难题。她总是处在钱不够用的窘境之中。所以她嘴上总是挂着金钱。买这条鱼花了二十二块。又该交电费了。学费最晚什么时候缴？我给了他一百块。

除了靠当裁缝挣钱，她还指望买万字票能为她带来财富。她很早就学会买万字票了。我不知道丫曳镇其他的年轻女人是不是也这样。

她买万字票就像是写作业。有时是千篇一律地投注同一个号码，就像小学生日复一日地做数学题或写生字那样。她还认真地在本子上记下中奖的日期、中奖号码、投注金额及奖金。遇到罕见的事或梦到什么东西都要看一看《大伯公千字图》或《大伯公万字图》，从密密麻麻的图画和数字里找出相应的幸运号码。

吃醋是003。生孩子是249。死尸复活是0066。黑风洞是2452。

昨晚我梦到自己中彩票了。中彩票是5332，我应该投注这个号码。

在裁缝铺的抽屉里，和她的《大伯公千字图》在一起的还有两个像拳头那么大、曾经用来装春节的巧克力的金元宝造型的盒子，三个硬币大小、金灿灿的元宝（当然也是用塑料做的），一个小巧、精致的仿真算盘（同样是金灿灿的）和一枚不知道从哪儿求来的护身符。她的《大伯公千字图》已经被她翻得又破又旧了。那也是我幼年时的消遣读物。

多少年来，这些对象一直被放在同一个抽屉里。只有她会不厌其烦地打开抽屉，拿出那本皱巴巴的粉色册子，坐在桌边，埋头翻找着她的幸运号码。那一刻的她比任何时候都有耐心。她既是那些对象的主人，也是它们的奴隶。她在她亲自建造的祭坛前寻求庇佑，像一个神圣、虔诚的金钱的信徒。

从我能看到的她的记事簿中，我发现她有三个幸运号码——219、762 和 385。她有时会直接投注某个号码，有时会在号码前面加一个数字。至于为什么加那个数字，原因只有她自己知道。

219 代表“结婚”。她在前面加了“2”，2219 代表“车撞进屋子里”。她出席某个亲戚的婚宴了吗？还是她梦见一场车祸了？

762 代表“鸡鸭过路”。她在前面加了“5”，5762 代表“行开幕礼”。她梦见五只小鸡过马路了吗？还是她参加了什么开幕典礼？

385 代表“探病”。她在前面加了“1”，

1385 代表“双层床”。她是不是去看望谁了？还是她磕到我们的双层床了？

这三个幸运号码都不止一次让她中奖，最少的奖金是一百二十块钱，最多的有一千八百九十块钱。那些钱她不是用来补贴家用，就是给孩子交学费了。一定是这样的。

在记事簿的最后一页，她让二姐替她把不知在哪儿听到的口诀记下来：

左眼跳是有钱来
右眼跳是不好的
第一次早上看到的号码要买

口诀下面记录了她维修缝纫机的日期和费用。发财和裁缝铺，这是她生命中最重要的两样事物了。她靠它们养活了她自己和她的孩子。

她的确很幸运。在她急需用钱的时候，她经常会中奖。奖金并不多，但也足以应付燃眉之急了。最神奇的一次发生在妹妹启程前往台湾上大学之前的一周。她靠奖金成功支付了第一个学期的学费。这件事她对我们说过好几次了，每一次都带着一种劫后余生的口吻，“幸好中奖了，不然就去不了了！”

她的那些奖金也曾带给我快乐。在我八岁那年，她得到一笔高达两千块的奖金，好消息传遍了整个街坊。那真是天降横财。所有人都雀跃万分。她意气风发地带我们下楼，陪我们在和兴父子迷你市场和南盛百货公司里转悠，给我们买玩具和零食。我选的是红色的玩具钢琴和格力高奶油卷心饼干。我在那台小巧的钢琴上学会弹的第一首曲子是《客人来》。那盒饼干是我拥有的第一盒格力高奶油卷心饼干，我记得它的价格是一块两毛，在那个久远的年代，在我眼中，它是一种高级的、不是轻而易举就能获得的零食。

从此格力高奶油卷心饼干总是瞬间就能唤起与她有关的记忆，那段散发着金钱、喜悦和好运的味道的甜蜜回忆。

多年以后，真正能够勾起刻骨铭心的回忆的

是福利彩票。这一次，这个对象多了一种宿命的腐朽气味，我曾经对之既憎恶、恐惧，又迷恋不已。它同时拥有建造和摧毁的力量。附着在它上面的还有关于家族的沉重记忆。

在想钱想得快发疯时，我会买福利彩票。这是搬到天津以后的事。在这座城市，我越来越孤独、疲惫和无力。我还没有钱。

我每周买一张彩票。有时买两张。我在去买菜的路上在彩票亭驻足，花几分钟刮彩票。我认真地阅读彩票上的游戏规则，并反复确认有没有中奖。

玩刮刮乐的时候我在想什么呢？

我是真切希望好运气从天而降的。

“原来你真的指望中奖啊。”对此夏木有点诧异。

我也会在笔记本上记账，记下买彩票的日期、金额和结果。我完全是下意识地做这件事的。我从来都没有记账的习惯。

第一次幸运之神并没有光临。不过第二次祂

真的来了，带来了五十块钱。我当下就以为自己品尝到不劳而获的滋味了。但很快幸运之神就离我而去。这一点都不奇怪。

怎么可以奢望一劳永逸、指望时来运转呢?

某个夜晚，再一次写下那些绝望的数字时，我突然想起母亲的那些记事本来。我发现自己和她在做一模一样的事情。从前她做的事被我延续至今时今日了。夜深人静，坐在书桌前，我背脊一阵发凉，对这么迟才发现这个事实感到悲哀。

你是你母亲的女儿。看，你多像她。

当我满怀期待或垂头丧气地走向彩票亭时，这种腐朽的宿命感越来越强烈。我一边走，一边想着依约新村和丫曳镇的那些男人和女人。那些脸孔对我来说一点都不陌生，尽管有很多人是我不认识的。在距离如此遥远的地方，就在我走向那座红色的彩票亭时，埋藏已久的家族的贪婪和丑陋再次出现在我眼前。

我在走向深渊。这个深渊带给我转瞬即逝的快感，也使我承受着深刻的痛苦与绝望。

我就是赌徒的女儿。我从始至终都怀抱着赌徒心理去做那些事，买彩票，埋头在书桌前或趴在床上写作。我和那些人并没有什么不同。

我最后一次见到那些人的脸孔是在六年前。那年我回乌拉港过年，常常在早晨陪父亲母亲到过港买菜。母亲热情又爱面子，逢人便说我是“从中国回来的三女儿”。她带我去和烧肉嫂打招呼。我认得那个女人。一个矮矮胖胖、长着一口大牙齿、笑声爽朗、烧肉做得相当不错的中年女人。母亲不是带我去她的烧肉摊，而是径直穿过南益茶餐室的大堂和厨房，走进一个紧挨着后门的房间里。那是个隐蔽又逼仄的房间，看起来像储藏室，简陋、龌龊，老旧的电风扇在角落咿呀作响，房间中央摆了桌椅，烧肉嫂正和三个男人围坐在桌子边打牌。

“我女儿从中国回来了。”

“今天还写吗？”打过招呼后，烧肉嫂笑盈盈地问母亲。

“今天不写了，明天再写吧。”母亲说。

在这里，人们用“写字”指代买万字票。最近烧肉嫂也开始替人“写字”了。她一只手剁烧鸭，另一只手握笔在小纸片上写下潦草的数字。很久以前，在我的童年时代，那些小纸片曾经有着美丽的颜色，粉色、淡黄色、浅蓝色。它们比我嫩弱的手掌还要小，我一度迷恋它们，也模仿大人在上面写各种数字。

“他们怕警察抓，躲在里面赌博。”从那个房间走出来后，母亲笑着对我悄声说道。

“写字”的人也怕被抓。买或卖万字票都是不合法的。不过，在这样的小镇，大家都心照不宣，没有人会坑害自己的邻居或朋友。

于是你经常见到有那么一两个人总是穿梭在茶餐室的桌椅之间。他们看似无所事事，散漫、无聊，热衷于寒暄或打探消息。在一张桌子边坐几分钟后，他们就会转到下一张桌子。

“今天要写吗？”所有人都说着一样的话。

后来母亲的脸也和那些人的脸一样了。那时她已经病入膏肓，想钱想得快疯了。她做不了衣服，没有了收入，账本上不再有新的数字了。

不。不对。事实是她有了新账本。这次不再是那种散发着廉价仿真皮革的气味的黑色记事簿，而是比巴掌大一点的米黄色封皮的单线簿。但她没来得及写下什么，只在最后一页记下她生病后，她的弟妹们给了她多少钱：

09.12.2017	弟弟	RM300
10.12.2017	五姨	RM500
10.12.2017	亚右	RM500
14.12.2017	亚坡	RM1000
07.02.2018	五姨	RM500

那时距离她的死亡不到半年，我还没回乌拉港。我不知道姨妈们去看她了，只知道二舅去看过她，因为二舅给我发来一张他们的合影了。那是我第一次见到她生病后的脸。一张病恹恹、苍白的脸，凹陷的双颊把那个肥大的鼻头衬托得更大、更圆，也更亮。她的头发不再是卷曲的。刘

海很短，看得出来是刚修剪过。那段日子，除了死亡，她惧怕的还有化疗会使她的头发掉得精光。

不管怎样，照片中的她看起来很高兴。

在另一张纸上，她记下大姐给了她多少钱：

25.03.2017　RM1000

14.05.2017　RM1500

01.09.2017　RM800

29.11.2017　RM1000

10.12.2017　RM500

23.01.2018　RM500

04.02.2018　RM1000

还有一张皱巴巴的纸，她在上面记下了很多电话号码，每个号码旁边还有一个金额。直到她死后，那张纸一直都在裁缝铺的电话旁。那是顾客的电话号码和他们欠的制衣费。在还有力气时，她会逐一打电话叮嘱顾客过来还钱。在她死后，父亲成了那个催债的人，不过他好像很快就放弃了。

最后的几个月，她想钱想疯了。她想方设法攒钱。她有了新目标——到私立医院接受化疗和买房子。从前她攒钱是为了她的孩子，现在她要为自己着想了。

她相中了一间老旧的平房。房子离我们家很近，面对一片杂草丛生的空地，我们一起去看过。那个居民区就是当初父亲说将来要把她送到那里的地方。当父亲那样说的时候，我并没有制止他。我只是沉默不语。

但她身上只有五千马币，根本买不了房。所以她指望能像以前那样，靠万字票拯救自己。

她下注下得越来越凶猛。不出门的时候，她用家里的电话打给万字佬，有时叫我替她用手机打。她不会用手机。

父亲指责她花太多钱了，尽管她花的不是他的钱。于是她偷偷到附近的商店借电话。我们不敢让她单独出门，所以执意陪她下楼。她谎称要买东西，被我和妹妹发现她站在杂货铺的收银台打电话。那一刻所有人都尴尬不已。

一夜之间，她仿佛变成了一只瘦弱、畏缩的过街老鼠。所有人都瞧她不顺眼。

我和她都没再中奖。二姐说也许她的好运气已经用光了。她没有如愿时来运转。婚姻生活不如意，化疗效果不理想，死后所有的钱都归她的丈夫了。真真是“我赤身出于母胎，也必赤身归回”。

我却还在等待我的时来运转。

不过我不买彩票了。我已经意兴阑珊了。

母亲在她还是个查某囡仔[1]的时候曾在新加坡学做衣。那是她一生中最引以为傲的事情，仿佛一条幽微、隐秘，闪着叛逆、勇敢的光芒的道路突然出现在她面前。从此她的生活、她眼中的世界不一样了。

但她几乎很少对我们提到那段时光。她在那

[1] “查某囡仔”在闽南语中是对女孩的称呼，意为小姑娘或小女生。

里过得好吗？同一寝室的女友对她友善吗？她带去的钱够不够？听说她的父亲给了她一枚金戒指。她寂寞、恐惧吗？

很难确定她真的喜欢裁缝。“就是学一门手艺咯。”她曾这样对我们说。不过，当我继续追问她到底喜不喜欢成为一名裁缝时，她会不假思索地说“喜欢”，随即再次低下头，佝偻着在缝纫机前专注地干活。

毕竟她只是丹绒加弄五支（丹绒加弄有什么？）的一个女孩。能从那儿去到新加坡已经是件了不起的事。

在学做衣以前，她在她二姨妈的理发厅当学徒。那是在马六甲的野新，她在那里住了一年多。是她的母亲央求自己的二姐收留她的。她再也不想和她的父母一起种菜了。理发厅在主街上，和未来她自己的裁缝铺一样。那是主街的第一家理发厅，很受欢迎。理发厅后来被隔成两半，新房间里有一个专为焕然一新的顾客拍照留念的摄影师。（母亲在那里拍过照吗？）

她寄居在二姨妈的家里，就在理发厅楼上，跟表姐妹们睡在一起。那似乎是一段相对快乐的时光，尽管有时候她们会嘲弄她，笑她是“乡巴佬”。她也的确是乡下来的女孩。所以她总是谨小慎微的，学会了察言观色，不怎么开口说话。

无论如何，往后的岁月里，在她成家立业后，她会经常在她的孩子面前提那些马六甲的姨妈和舅舅，每年还会给他们寄新年贺卡。我是那个替她在贺卡上写新年贺词的孩子。

不在理发厅的时候，她去斜对面的裁缝铺学做衣。她和二姨妈的四女儿阿满一起去。二姨妈替她缴学费，希望她和自己的女儿一样，能掌握一门手艺。“女孩子应该要有一门手艺”，这是那个年代普遍的信念。

给女孩们传授技艺的是裁缝铺的老板。每周有三天，五六个女孩会在午后去她的裁缝铺。她们把从报纸或杂志上剪下来的服装图片拿给她看，她便教她们缝制出一样的衣服。

母亲最终没有像阿满表姐那样拍毕业照和领

毕业证书。她只在裁缝铺待了半年。她也没有留在理发厅。当洗头妹洗坏了她的手指，于是她放弃了。

那接下来该做什么呢？

“我想去远一点的地方。”她对阿满说。

她坐巴士去丹绒吉宁找她们的外婆。她们的外婆林宽是永春人，十六岁那年从永春嫁到马六甲。许多年前，她把她的第九个孩子辜秀玉送给了一个远亲。从此辜秀玉的新名字是王秀梅。王秀梅是我的外婆。

林宽觉得自己亏欠了女儿秀玉。于是她带着这个外孙女也就是我的母亲南下新加坡找她的二儿子。她的二儿子是高级助理警监，住在实龙岗，是个有头有脸的人物。

她们从丹绒吉宁坐巴士去新加坡。沿途她们看见一片又一片的棕榈树，一棵又一棵的椰树和芭蕉树。高脚屋影影绰绰。马路旁有小贩在卖黄梨和菠萝蜜。穿越新柔长堤时，母亲兴奋吗？忐忑吗？望着那片深蓝色的柔佛海峡，她有没有想到过港的河水？

母亲听说有个叫新慧服装美容女学院的地方能传授一点技能给像她这样的女孩。谈不上十分有抱负（也许根本就不知道何谓“野心勃勃”），但又不甘于一直过着眼下的生活，总想着要为自己闯出一条路的女孩。这样的女孩往往知道自己不想要什么。只要给她们一个机会和一点好运气，她们没准真的能成就一番事业。

丹绒加东路二百二十二号的新慧服装美容女学院。一个只接收女学生的地方。也许当时她并没有预感到那是个终将改变她命运的地方。也许经历了马六甲的生活和新加坡之行后，她的雄心壮志已经开始萌芽，她深信这个地方会为她带来力量和勇气。

这片被命名为加东或丹绒加东（Tanjong Katong，“海龟角”）的居民区紧邻新加坡海峡。曾经有许多富裕的欧洲人和峇峇娘惹在那里修建别墅、庄园、酒店和俱乐部。这里也被称作法达摩加纳（Fata Morgana，“复杂蜃景”），散发着财富与梦幻的味道。

莎罗玛（英属马来亚时期的璀璨女星）曾经这样唱：

在丹绒加东，海水蔚蓝，那是挂念不再的地方。

在丹绒加东，海水清澈，那是伤心不再的地方。

母亲有见过那蔚蓝、沉默如谜的海水吗？周末她有和女友们逛街、吃饭吗？她快乐吗？

新慧学院早已不复存在，烟消云散。那些女学徒也在相继消亡。丹绒加东路二百二十二号已经变成嘉爵女佣介绍所。和我们乌拉港的家一样，通往二楼的楼梯也是青色的。

在母亲死后两年的某个夜晚，二姐突然在她的裁缝铺发现一个装有照片、剪贴簿、手提袋制作指南和一张一九七四年九月二十一日的《南洋商报》的白色塑料袋。泛黄的报纸上刊登了新慧服装美容女学院十九周年纪念日暨第三十八届毕业典礼的特刊。右下角有一张毕业生和教员的集体合照，是一张黑白照。女学生们穿着时髦的白色洋装。正中央有一个发型别扭的女孩，皮肤黝黑，脸又方又阔。不难看出那是个从乡下来的女孩。那就是她，我们的母亲。那年她十九岁。我们很快就认出她来了。

报纸的右上角还有院长余慧君女士的发刊词。在谈到创办该学院的宗旨时，她是这么说的：

> 本学院的宗旨是以培养妇女谋生技能，服务社会，增进家庭幸福，发扬妇女自立精神，所开设的各种服装设计及美容等班级，种类众多，注重配合社会实用为主，做到学以致用。

过了很久很久，我才意识到原来那张照片一直就在裁缝铺的墙上，就在她那镶着金框的毕业证书旁边。她把照片放大，并镶起来了。我竟然忘了它。三年前的那个夜晚，我还以为那是我们第一次相遇。

照片中的她没有微笑。她就那样站着，双眼望着为她们照相的人。那是个男人吗？

她从来没有告诉我她在那里的生活是什么样的。我也没问过她，尽管墙上永远挂着她的毕业证书。当我认识她的时候，她就已经是个小有所成的裁缝了。锦裳，锦裳，所有人都这么称呼她。

看得出来她是个勤奋的学生。从她的剪贴簿就能看出来了。它们使我想起幼时珍爱的纸片娃娃。封面和封底都印着宛若芭比娃娃的金发女郎，她们穿着漂亮的洋装，落落大方，淡淡地笑着。忽然之间她们就走进了剪贴簿里。母亲沿着她们的轮廓小心翼翼地把她们剪下来，贴在剪贴簿里，然后画下那些衣服的裁剪图。

那是我永远不会懂得的东西。雨伞袖。波浪领。茅草针法。花帽制作法。她小心翼翼地写着、画着，真心实意地相信将来它们一定会派上用场。她立志做一个现代女性。未来她是要以此谋生的，这可不是过家家。

就像她们的院长说的那样，她果然学以致用，成了一名裁缝。后来她还有了自己的裁缝铺，就在我们丫曳镇的主街上。她搬到那里是因为好不容易才有一两个相熟的朋友。应该能站稳脚跟吧，也许她曾这样想。

不管搬到哪儿，她都把那张毕业照和毕业证书挂在墙上。后来挂在墙上的还有我们的大学毕业照和我们在故宫博物院的合影。她一遍又一遍地向好奇的顾客介绍她的孩子，用浅显的马来语解释她的孩子念什么专业，还有毕业后都在做什么。

我记得她在丫曳镇主街四十号的裁缝铺。我的童年是在那里度过的。裁缝铺在前厅，后面是我们的家——狭小的客厅、卧室、厨房、带有瓷砖浴池的浴室和厕所。我们家在二楼，楼下是金华百货商店，楼上是房东张先生的家。除了裁缝铺，前厅还有两个房间，分别出租用作录像带出租店和印刷作坊的办公室。屋里每天都热热闹闹的。

不下楼玩的话，孩子们就在裁缝铺里待着。什么都能玩，纽扣、画粉、布用复写纸、点线器。二姐喜欢为我们的洋娃娃做新衣裳。我常常模仿母亲用皮尺给人量身，在她的量身簿上乱写一通。

有时候我躲在她和父亲的房间里。我盯着世界地图册扉页上的那颗地球，一会儿又害怕极了，匆匆把书合上。很快我又把书打开。打开，合上，打开。厌倦了，我就穿柜子里的泳衣和那条粉色雪纺礼服裙。她还有一顶滑稽的遮阳花帽。这些衣服散发着时间和樟脑丸的味道，安静、柔软，透着一股温存的凉意。那都是她亲手为自己缝制的衣服，不过我从来没见她穿它们。她穿的是各种洋装和衬衫，带印花、波点或几何图形，也是她为自己缝制的。

那是最好的时光了。裁缝铺挂满了衣服，她还雇用了两三个女工。女工阿花就睡在我们姐妹仨的房间里。她允许我们抹她的雪花膏，还教我们用透明胶带制作双眼皮贴。

阿花后来离开我们的家，搬到吉隆坡了。她结婚了，就像其他女工那样。结婚后，她们都留在家里一边做家务，一边接外面的缝纫活。

马来女孩和印度女孩来裁缝铺学裁缝。母亲收了很多女学徒，人来人往。我记得那些女孩的脸。诺尔。苏西拉。普蒂。米娜。女孩们在午餐后来，在晚餐前离去。她们在缝纫机前或裁剪台边上喝下午茶，吃炸香蕉，喝冰拉茶或汽水。那个时候苏西拉会看我收集的明星沙龙照。她疯狂迷恋温兆伦，渴望嫁一个又高又英俊的华人男子。礼拜天午后，我们会上皇家山，在观景台吃雪糕和喂银叶猴花生，一起站在废弃的加农炮台旁照相。

母亲给女孩们发从印刷厂定制的毕业证书。和新慧颁发给她的毕业证书一样，那是中英双语的毕业证书，下面也有院长的签名。学员必须通过考试才能毕业。她让二姐替她填写学员姓名、年龄及参加考试的日期，然后她签下自己的名字。

她为她的裁缝铺命名为锦裳裁剪女学院。她梦想她的裁缝铺像新慧服装美容女学院那样。

许多个忧伤、苦闷的午后，我坐在床上凝视那空洞的白窗帘，任由自己陷入对丫曳镇的回忆之中。母亲的裁缝铺就在那里，在那条热闹的主街上，我缓缓向它走去。

我看见一个短发女孩，一个还算聪明（母亲总说那叫“鬼精”）和有点固执的女孩，正紧紧依偎着她的妈妈，躲在妈妈的背后。一个蹬着黑皮鞋、皮肤黝黑、牙齿有点突的男人笑吟吟地看着小女孩。

“做二伯的干女儿吧，跟二伯回家。”男人说。

“要不要做二伯的干女儿？”小女孩的妈妈也微笑着说道。

女孩背对着的墙上有一张海报。海报上有一个穿着抹胸式泳衣和纱笼的长发女郎。女郎后面有一座大瀑布，天空阴郁，周围墨绿色的山使瀑布看起来愈发汹涌和白花花。那是个散发着亚马孙雨林的气息的地方，神秘、潮湿，暗流涌动。

这是什么地方？她为什么在那儿？女孩经常这样问。

眼前的一切和背后的雨林都令女孩感到恍惚又迷惑。

裁缝铺还有其他不速之客。一个印度哑巴男孩突然上楼来。很快女孩便和他成为朋友，妈妈允许他们在裁缝铺旁边的小房间里玩。女孩当小老师，教男孩写英文字母，教他做从学校学来的健身操。

她试图让他发出声音。“啊”，她张大嘴。他的舌头上有一个小白点，她立即相信就是那个小东西导致他说不了话的。

还有一个可怜的印度男孩。他被妈妈牵上楼时哭得地动山摇。他的生殖器被短裤的拉链咬住不放。最终妈妈用蜡烛和剪刀把那小东西给解放了。女孩站在旁边，不动声色地偷瞄男孩气鼓鼓的生殖器。

推销员会猝不及防地上楼推销各种商品。曲奇、袜子、电子手表、饮水机。一个盲人拄着拐杖上来推销钢笔。旋转式钢笔躺在一个精致的黑色天鹅绒盒子里。一支十元。妈妈爽快地将它买下，送给了女孩。她没有零钱，只有一张五十元纸币。那个瞎眼的男人突然睁开他的左眼，迅速地眨了眨，主动提出要替她下楼换零钱。那支钢笔是女孩很长一段时间的心头好，她用它来冒充爸爸的签名和在哑巴男孩的作业簿上写字。

缝纫用品供货商的销售员每个月末都会来。那个男人拎着一个黑色的公文包，里面有货单、收据、名片及各种样品。他送给了妈妈一张用硬纸板做的缝纫线色卡，很漂亮，总是令女孩啧啧称奇，因为她从来没有见过那么多种颜色。

下个月销售员就会拎着妈妈预订的东西上楼了。

动物也会不请自来。一只跛脚的白狗上来讨食物。夜里黑猫会在楼下徘徊，然后嗖的一下穿过铁门，悄无声息地在屋里游荡。

一只棕白相间的母猫在裁缝铺的衣橱里生下了一窝猫仔。小猫咪藏在一袋碎布里，爸爸小心翼翼地把它们一只只抱出来。

有段时间女孩的妈妈也推销东西。她加入了

安利，在那堆给顾客看的时装杂志里放了本安利产品目录。那是女孩的童年读物，她来回翻看它，想象她们的家也能拥有那些实用、美好、令人感到踏实的东西。

她们自己买了黄油曲奇、动物造型的维生素C、洗衣液及蜂王浆。蜂王浆是妈妈的，偶尔她会允许女孩吃一小袋，或者会故意剩下一点，让女孩涂在脸上。那时候女孩总渴望像个女人那样护肤和化妆。

深夜的厨房时光是最亲密无间的。那个时候妈妈已经结束工作，从裁缝铺走出来。她来到厨房，把在电子砂煲里炖了很久的猪心汤取出来，倒一小碗给女孩，自己喝汤盅里的。母女俩坐在餐桌边喝汤。“我们的心脏没有力，喝了猪心汤就会好了。”妈妈对女孩说。

女孩记得的还有冰激凌苏打汽水。在那些光景比较好的年月，到了晚上八九点钟，女孩会和弟弟下楼买小吃解馋。肉干面包，炸鸡和薯条，抹了黄油和盐的煮玉米。妈妈会叫他们去敬群茶餐室买冰激凌苏打汽水。她一边车衣，一边喝加了很多冰块的汽水。

在外婆的葬礼上，母亲说起小时候她们俩吃冰丸的时光。那是清苦、惨淡的日子，她们指望甜丝丝的冰丸能为她们带来一点慰藉。外婆说吃了冰丸，一切都会好起来的。

在主街四十号的裁缝铺生下第五个孩子后不久，突然有一天，房东张先生说我们不能继续住在那里了。他把他的房子卖给金华百货商店的张老板了。挂电话后，母亲抽泣了一会儿，很快就离开房间，回到她的裁缝铺。

我们搬到了对面的拉马丹杂货店楼上。仿佛是一夜之间就搬过去的。我抱着妹妹站在楼下，看着所有人进进出出，上上下下，把一件又一件的东西从这里搬到那里。我对妹妹说我们要搬家了，她咿咿呀呀地，不知道有没有听懂。

我们的卧室就在前厅，和裁缝铺在一起。一睡醒就能看到她的那些顾客，去哪儿都得穿过裁缝铺，忍受各种目光和闲言碎语。她倒是看起来很自在。没什么大不了的。

她不卖安利的产品了。裁缝铺的墙上挂了许多印着“New York”或“London”的T恤衫，都是父亲从公司拿回来的。我们卖那些T恤衫，偶尔自己也穿一两件喜欢的。那阵子父亲在成衣厂当司机，除了带回来T恤衫，老板还允许他把面包车开回来。我们坐在车厢里，父亲载我们往返于阳光花园的房子和裁缝铺。我不敢让朋友知道车厢里并没有座椅。

我在乌拉港的家里发现了一张摄于拉马丹杂货店楼上的照片。和其他照片不同，这张照片的左下角显示了照相的时间。1996-06-03。我马上计算她当时的年龄。一九九六年，母亲四十一岁，和现在的我一样。照片中的她戴着银框眼镜，蓄着短发，是记忆中的她的样子。两岁的妹妹坐在缝纫机的台板上，和她一起看向镜头。想到那个时候的她已经是五个孩子的母亲，已经当了二十二年的裁缝，我暗暗吃了一惊。

那一年我们离开了拉马丹杂货店，也彻底离

开了丫曳镇。父亲继承了祖父的遗产，在乌拉港买了一间双层店屋。从此我们再也不用搬家了。母亲很宽慰，因为她终于不用为租金烦恼了，尽管她仍然需要独自一人偿还阳光花园的房屋贷款。

我们的街区很荒凉。整座美拉花蒂镇没有几个人，树也还没长起来，新房子就这样曝晒在太阳底下。她在这里就像个拓荒者。离开丫曳镇以前，她拼命地给顾客分发新名片，告诉他们锦裳要搬到十九公里以外的乌拉港了。乌拉港比丫曳镇大多了。她能像在丫曳镇那样站稳脚跟吗？

没有人上门。有几个月的时间，她的丈夫甚至不在她身边。他到外坡做生意了，和他的姐姐、姐夫一起经营咖啡店。她变得有点暴躁和不安。她感到举步维艰，在这里连买菜都有点困难。她不会开车，附近还没有菜市场，她只能等卖菜车来。那段日子餐桌上常常出现芹菜和豆干。猪肉得等二姐从丫曳镇带回来，她在丫曳镇的典当行上班，偶尔会有时间到菜市场买肉。

“一定可以的，没理由不可以的。”我记得她的这句话。她在我们位于金台西路的房子里对我说过这句话。那时候我是个家庭教师，经常出入于中产阶级家庭的房子。她认为我不应该这样到处跑，应该在客厅里摆一张桌子和几把椅子，等学生上门来。

还有一次是在吉隆坡医院里。我们在病房里等待护士。她即将接受她的第一次化疗。“我一定会挨过去的，一定可以的，没理由不可以的。”她对我说。

她的确总是有办法。她是个自尊又自强的女性，能够隐忍一切悲伤与痛苦。或者说事情远远还没到最糟糕的地步。突然有一天，裁缝铺又热闹起来了。老顾客回来了，新顾客在往后的日子里也成了忠实的老朋友。她还恢复收学徒了。

午后，淡紫色的印花帘子会被拉上，把裁缝铺和我们的客厅、卧室分隔开来。只有为了上卫生间和喝下午茶，她才会从帘子后面走出来。裁缝铺里有电视机和冰箱，还有两台冷气机。孩子们放学后就在那里消磨时光。看到我们吃零食，她也会想吃。她最喜欢的是宝宝牌鱼豆饼。

当她的丈夫不再出外工作时，那种孤军奋战的感觉便越来越强烈。孩子们长大了，他们需要更多的钱。于是她越做越多，越做越晚。斋戒月是最忙碌的，光景好的时候，所有人都得帮忙做点事。熨布，扫地，收钱，打包衣服。

“如果我不赚钱，我们吃什么？”当父亲讽刺她“人为财死，鸟为食亡”时，她这样反驳道。

她是当着我的面说这句话的。她哪敢这样对他说话呢？

我和她曾经为了钱而闹别扭。那时我在上大学先修班，却一心想着要去中国留学。我渴望逃离乌拉港，日日夜夜都想着要离开。我要去远一点的地方，就像从前的她那样。我能走得更远。

我把忘了从哪儿得到的厦门大学的招生手册拿到裁缝铺给她看。那几天我一直缠着她说去中国留学这件事。她抬起头，不耐烦地甩开我手中的手册。

“别吵了！哪有这么多钱？”她大声说道。

我在四年后终于来到中国。眼下我却害怕再也无法离开这里。我从来没有告诉她我的处境有多窘迫。就像她在丹绒加东路的生活那样，也许我的生活对她来说也是难以理解或捉摸不透的。

她在新加坡的经历永远是一个谜。

我原以为我能知道更多，以为有人会告诉我关于她学做衣的一切。

她还有一个梦想。她想装修她的裁缝铺。我也是第一次知道她脑海里还藏着这个想法。

年初四，我们去莫莫那里吃蛋糕。莫莫是妹妹的好朋友，在城里学烘焙后，回到了过港开咖啡馆。咖啡馆的橱窗里摆着各种她自己做的蛋糕。母亲说那些蛋糕挺好吃的，只是有点贵。

在过港人眼里，那是一家特立独行的咖啡馆。它精致又安静，卖的都是不常见的西式蛋糕。整座咖啡馆，从招牌、装潢、音乐、摆设到食物，都是独树一帜的，和别人不一样。

所以一进门母亲就环顾四周，一会儿看看那

浅蓝色的墙壁，一会儿摸摸那深褐色的长木桌。她和二姐议论起来。

“以后我要把裁缝铺装修成这个样子。这高桌子蛮美的。”她说的是吧台桌。

以后。将来。

其实她很少谈到未来。从前，当她提到“将来”时，往往是带着开玩笑的口吻的。不然就是我从来没有把她的话当真。

“以后我把阳光花园的房子给你，我们一起住，相依为命。”

“你将来会生七个孩子，我会帮你照顾你的孩子。”

“将来我要和丽美一起开一家养老院，马来人和印度人可以来住，我也住在那里。”

开养老院的想法她倒是提过不止一次。我似乎没有怀疑过它到底能不能实现。她说的时候一副胸有成竹的样子。在她看来，这并不是多难的事。无非就是找一间带院子的平房，把它租下来，稍微装修、布置一下就可以了。

就像当年她开自己的裁缝铺那样。

那时候她还是个查某囡仔呢。十九岁？二十岁？我没见过她的第一间裁缝铺，因为那个世界还没有我。不过我听说过它。它也在我们丫曳镇的主街上。

以前，当她说“Panjang 那边”时，我就知道她说的是她的裁缝铺。Panjang 是她的房东。她的裁缝铺很小，小到像是被硬塞进一排商店里似的，和旁边的副食店、茶餐室、脚车行、印度餐馆挤在一起，再往前走几步就是主街的尽头了。六七岁时，我常常在那排商店游荡，去饼干店买两角钱花占饼，站在副食店外看人刨椰子。那家副食店又旧又暗，地板被熏得黑黑的，经年累月弥漫着一股难闻的奇特气味，仿佛是混杂着椰子油、可可和油棕果的气味。此时此刻，我又闻见它了。

那时我从来没有想起她在“Panjang 那边”的裁缝铺。走在那条阴暗的五脚基[1]时，我从来没

[1] 五脚基，指骑楼，是马来西亚、新加坡等地闽南移民的用法。

有想到它。

她说自己是“外地来的女子”。她的裁缝铺是她安身立命之处，是她开始的地方。所以，当有人入侵时，她会像河豚那样惊乍，瞬间鼓胀起来：

“别以为我是女人就可以欺负。”

她举着她的裁缝剪刀对着那些来收保护费的小混混。

她果真在那座小镇站稳脚跟。这个从丹绒加弄五支来的“外地来的女子”。在她的葬礼上，就在她旁边，丽美也提到了那个女子。

“那时她多年轻啊，她的裁缝铺就在 Panjang 那边。”

我忘了问丽美她们是不是真的打算一起开养老院。

不管怎样，有所期待总是好的。

“有所期待”是我从夏木那儿听来的。他是从一个医生那儿听来的。或许那个医生也是从其他人口中听到的。“人生的幸福在于有事可做，有人可爱，有所期待。”那个医生说。

我后来发现自己好像总是活在各种期待和想象之中。期待离开这里，期待时来运转。想象过着另一种生活的自己（为什么我会在这里？）。

但她是那么地顽强又果敢啊。我一点都不像她。做什么都半途而废，甚至没有一份工作能做超过三年的。最长的那三年里，其中有两年也只不过是在兼职。

只有在病倒后，她的那些期待与梦想才在顷刻之间变得不切实际。在最后的时光，当我从她口中听到“将来”“以后”这样的字眼时，我的心会不禁咯噔一下，眼神也随之游移不定。

以后我要把裁缝铺装修成这个样子。

我一定会好起来的，没理由不可以的。

当她斩钉截铁地说这些时，她真的相信自己的话吗？

在莫莫的咖啡馆里，夏木拍下了她的侧影。那天她喝的是柠檬气泡水。“很冰，很甜。”我记得她这样说道。那时我们还在纠结该不该由着她吃甜食，因为听说摄取过多葡萄糖会促进肿瘤生长。

“让她吃吧。”医生说。

医生是不是已经预知她无论如何也不会有“未来”了？

在另一张照片里，莫莫亲切地对她笑着，像是在回答她的某个问题。

那应该是莫莫最后一次见到她活着的样子。两个月后，她和阿凤一起去殡仪馆看她了。

过了很长时间，我们才知道很久以前她曾悄悄对莫莫说，如果她想出国念书，她可以借她钱。她在过港的海鲜楼遇见莫莫，临走前突然走上前对她说这句话。

我想象她说这句话时的样子。是不是就像她在金台西路时对我说的那样？

“可以在这里摆张桌子，再摆几张椅子。”当时她一边环顾我们狭窄的客厅，一边说道。那时我是个家庭教师，她认为我可以在家里摆一张桌子和几把椅子，开自己的小学堂。

“一定可以的。慢慢做，越做越大，所有人都是这样的。”

那是她还有所期待的年月。那时我们还不会问时光如何流逝。那时候生活还不是这个样子的。

很快她这只河豚就嘭的一声瘪了。一副病恹恹、生无可恋的模样。

起初她还会想着我们，为妹妹还没结婚和我没有孩子感到遗憾。住在大姐家时，她会嘱咐大姐请父亲过去吃饭。她怕他不懂得照顾自己。

后来她就只能想自己的事了。

她想要活下去。

除了豪猪枣，她还相信文冬姜能治好她的胆囊癌。

“我真是幸运，这么巧看到这个。”一天，她给我看一则关于姜能治病的报道。她很快就找到附近一个卖姜粉的女人。那女人把文冬姜磨成粉，然后装在胶囊里。母亲买了五六瓶姜粉胶囊，还送了我一瓶。

然后是红毛榴莲的叶子。我们在医院听说红毛榴莲的叶子有神奇的功效，有人用它煮水，喝了几个月后，癌症竟然痊愈了。于是父亲搜集了一堆红毛榴莲的叶子。他把叶子存放在她的裁缝铺里。一天又一天，在阳光下，它们看起来脆弱又苍白。

最荒唐的是父亲出的主意。他从依约带回来一份宣传册，声称自己遇见了灵气大师。

粉紫色的宣传册上印着一个中年男人的照片。男人身穿黑色中山装，不苟言笑，双手举在胸前，仿佛在推着一个隐形的东西。

“一个温和的自然疗法，带出了您最好的身心灵。当健康发光，财富将增长。”

宣传册上还有灵气疗法和灵气大师的介绍及“灵气受恩人”的见证。

父亲拎着一只水桶和几个空水瓶去大姐家。他和灵气大师约定第二天在大姐家替母亲治病。

“你们就信我一次，就这一次。”他在电话里说道。

“我不知道。”当我反复问母亲究竟怎么想时，她这样说道。

也许她不敢对父亲说“不”，就像从前那样。

“我不知道啦。”从前她总是惶恐或不耐烦地这样说。

结果是我们这几个孩子拒绝了灵气大师。

最后两周，弟弟请假回家照顾她。那时的她已经无法走路。忽然之间她的求生意志又回来了。

“我一定要好起来，要能走路，不能让阿祥抱。”

我们买各种保健品给她吃。弟弟还带她去吉隆坡见营养师。

“怎么拖到现在才来？”营养师说。

他们带回来一堆瓶瓶罐罐。核糖、叶酸、维生素 B12、辅酶 Q10、Omega-7。我们也顾不上它们到底管不管用了。但很快她就吞不下那些药丸了。在她死后，弟弟把它们退还给了营养师。

然后她依靠吗啡活着。护士说吗啡是止痛药。在她难受的时候，大姐用注射器喂她吗啡，喂的剂量越来越大。医生能做的只是减轻她的痛苦。喂吗啡，抽腹水，吸氧。

她的求生意志是多么地强啊，不像我，动不动就想放弃。

但最后我也看不见那道光了。

在她离世前三天，在去东京的飞机上，我和她视频通话，发现她的双眼是如此空洞。没有光，也没有忧伤。仿佛无动于衷的样子。她望着我，没有说话。

“上帝爱你。我为你祷告。”我没有让她看见我的眼泪。

我为什么会说出那样的话？那些我甚至无法确定自己真的相信的话。在教会里，这是那些中产阶级信徒说的话。现在我也和他们一样了。

她眼神空洞地看着我，什么都没有说。

她疲惫吗？恐惧吗？她在想什么？

最后那几天，我们几乎是仓促地为自己的行为寻找解释。我们找到了“姑息治疗”，刻意回避了“临终关怀”这个字眼。我们不是在为她的死亡做准备，我们是在与她的疾病共处，而且共处时间可能会很长很长，我们这样安慰自己。

事实是我们只能照料、陪伴和安慰她。我们只能看着她疼痛，看着她一点一点地消亡。

医生比谁都清楚。他打电话给大姐，要她请亲人们到病房看母亲，“来越多人越好”，他说。

我脑海里突然浮现那句话——“有时治愈，常常缓解，总是安慰。”

她的弟弟妹妹们来了。他们陆续赶来，坐在床边陪她说话。她的精神突然好起来，兴致高昂，说了不少话。那时候没有人想到也许那就是回光返照。

就在几天前，她还会忽然迷迷糊糊的。

一天晚上，在电话里，她大声对我说她有五个孩子，还逐一说出他们的名字。然后她问我为什么她看不到她的孩子们。

“无啊。无看着啊。按怎无啊？”她用闽南语对我说。

没有啊。没看到啊。怎么没有啊？

我对她说很快我就会回去看她。

大姐告诉我她在挂了电话后才想起刚才和她说话的人是我。“刚才那个是阿虹啊。”她喃喃自语。

在她最后的时光，尽管她的丈夫和孩子们轮流照看她，她还如愿以偿有了一个女佣（人们似乎喜欢以此判断一个人的晚年幸不幸福），她的光景、她的样子，她那张被我埋藏在心底深处的独自一人坐在病床上的照片，总是让我想起“老无所依”。

从始至终，她都在独自挣扎，独自背负她的苦难与孤独。

多年前，她曾经问我“老无所依”是什么意思。她告诉我有个邻居说她和父亲老无所依，因为五个孩子中，有三个在国外，不在身旁。那个女人是当着所有人的面说的，那时他们正在附近的体育馆晨运。母亲记下了“老无所依”这四个字。

后来，当我看《无依之地》时，心里想的已

经不再是她。我想的是夏木和我自己。偶尔我会暗自慨叹，因为她和夏木的病痛，我被抛入这样的运命之中，早早地就要直面遥远又未可知的将来。仿佛我们的未来已经来到。我们跌跌撞撞，有时无所适从，有时隐忍，有时不为所动。

也许我应该这样安慰自己，在最后一天，她没有悲伤，没有痛苦，反而有所期盼。凌晨两点，她从床上爬起来，对尤妮说她梦见她的父亲了，她要回家了。她说这话时一点都不忧伤和害怕。她想回家，她一直想。

白天她就离开了。她去了我们所不知道的地方。也许她以为自己终于回家了。

《无依之地》里，杰西卡曾问那些车轮流浪者有没有想过自己的未来。希尔维安妮说她唯一能做的就是像《末路狂花》里的塞尔玛与路易丝那样，继续前进，开着车冲过断崖。艾丽斯说她的尸体将永远留在沙漠里。

我不知道母亲去了哪儿。我也不知道我们会去哪里。我们从来都不知道。

《无依之地》还有另一个名字——《游牧人生》。很久以前，在课堂上，说起游牧民族时，老师说他们“逐水草而居”，哪里有水和草，哪里就是他们的家。这是不断寻找、试探与尝试的生活。人们就是这样活着的，母亲也是。

更早的时候，我说的是她生病之前，她穿阿珍卖的艾力沛魔力鞋。其实那时候她已经感到不舒服了。她昏昏欲睡、拉肚子和发烧。也许癌细胞正在她的身体里野蛮生长，只是无人知晓。

她说那是双神奇的鞋子。一双卖两千两百块马币。阿珍允许她先把鞋子拿回家，试穿一段时间后再付钱。她很满意，也许还觉得自己占便宜了。

于是她穿着它们出门，到镇上吃早餐，去商店买东西，还穿着去台湾参加她儿子的婚礼。

“我差点跌倒！”她曾对我说。不知道究竟是因为当时的她太虚弱了，还是那双鞋子导致她的脚很不好受。

我从来不在意那双鞋。那是个人们会相信豪猪枣、符水和降头术的地方。一双鞋子没什么大不了的。

但那不是普通的鞋子。阿珍说那是带有超能磁的能量保健鞋，鞋底藏有精心调配的中药，能开启人体第二心脏，激发人体自愈能量环。

“健康是穿出来的”，鞋子的纸袋上写着。

等我见到那双鞋子时，她已经是一个骨瘦如柴、充满了怨毒的病人。她开始怨恨那双鞋子。

说来吊诡，她的朋友秀丽也患癌症了。不过秀丽没有穿魔力鞋，她吃阿珍卖的胶原蛋白粉。她们俩每天都吃。那东西还挺麻烦的，得一起床就吃，而且越早吃越好。有一次，我们去西安旅游，天还没亮她就爬起来烧水沏胶原蛋白粉，喝完了就又回到床上睡觉。旅馆的烧水壶发出的嗡嗡声听得我和二姐心烦意乱。

她不想见到那双鞋子，于是叫我和妹妹到阿珍的理发厅退货。那天她去理发了，不过她不去阿珍的理发厅，也不去楼下阿莲的理发厅。她独自撑伞走到后面商店楼上的理发厅。

我和妹妹硬着头皮走进阿珍的理发厅。阿珍一边替一个女人烫头发，一边和我们说话。她让我们看她和她女儿的鞋子。她们都穿着和母亲那双艾力沛魔力鞋一模一样的黑皮鞋。

“看，我和我女儿都穿，我一天到晚站着工作，脚一点都不酸！”阿珍说。

鞋子当然退不了。“都穿过了，谁还会买？”阿珍拒绝了我们。

几天后，夏木来乌拉港，母亲给他看那双鞋子。

“我告诉你这双鞋子怎样骗人，你写下来，登在你们的报纸。”她对夏木说。

我和夏木面面相觑，然后看了一眼那双沉闷、丑陋的鞋子。

这就是她眼中的作家和记者应该做的事。她似乎分不清记者和作家的区别。在她看来，那都是读书人，是写字的人，应该用他们的笔替人发声，为民请命。

“我跟你讲，你写下来。”当她告诉我她生儿子差点丧命的遭遇时，她就是这么说的。

她自己就是这样的人，热衷于伸张正义和替人说话，和她的丈夫完全相反。

有一段时日，她除了忙裁缝铺的活儿，还忙着替过港的穷人申请救济金。她从市议会拿了一沓申请表，派给那些生活困顿的人。遇到不识马来文的人，她就请她的马来朋友帮忙填表格，因为她自己也不太懂马来文。

她还给报馆打电话，替她的朋友申请报馆的救济金。

当她告诉我这些时，我为她的能耐与激情感到不可思议。我想起很久以前她说过的话。她说算命佬曾预言如果她继续上学的话，她会成为像李金狮那样的大人物。

她很自豪。她像个乡绅，像个大人物那样在乌拉港走来走去。

很快她的风光就烟消云散。她怨恨魔力鞋，怨恨她的妹妹，怨恨欺骗她的人。

在第一次化疗的前一晚，在医院附近的酒店里，凌晨时分，在把晚餐全都吐出来后，她对我娓娓道来一个女人的故事。那个女人通过她的帮助获得了救济金，但她发现原来她并不穷，她和她的丈夫在离乌拉港不远的镇子经营海产的生意。

“我还有他们的名片。”她说。她决定打电话给报馆揭发那个女人。

不到一个月，她自己就成了等待救济的人。

父亲说她可以申请救济金，她应该领救济金。于是市议会的人来了。那个男人也是母亲的朋友，一直以来就是他在处理母亲代人递交的申请表。

阿兹敏带着深深的理解与悲悯看着母亲。他当下就做出了决定，建议我为母亲拍张照片。母亲得躺在床上，这样才能将她的病态完完全全地展露出来。

我没有为母亲照相。夏木也没有为她写揭露骗局的报道。

很久以后，在她死了五年后，我才想到应该上网搜搜关于魔力鞋的介绍或新闻。我很快就看到了《南方都市报》的报道。

那是二〇一六年的报道。那时她还没有生病。那时我还在学校教书。两年后，我不再是个老师，她成了一个注定会死去的病人。

当她让我们看那双鞋时，为什么我们没有想到应该上网搜一搜？这不是我们这些读书人的本能和本领吗？

也许我并不在乎她花了多少钱买一双鞋子。也许我早已对她上当的事实司空见惯。那是一个人们相信豪猪枣、符水和降头术的地方。

我尊重他人的信仰与生活，我总是这样说。

我已经离开乌拉港很久了。

“我们不需要救济金。”我们这几个孩子都这么想。

我没有为母亲照相。再说了，母亲也不情愿躺在床上，任由人为她拍下一张耻辱与绝望的照片。

在她死后，一个周日午后，二姐把那双魔力鞋退还给了阿珍。她用葬礼收到的帛金付给阿珍两千两百马币。

在她死后，我在她的抽屉里发现了一张剪报。那是二〇一四年十一月二十九日的《星洲日报》关于“情在人间”助养儿童计划的新闻。剪报上有五个六年级学生的肖像，报道的标题是《以好成绩回报助养人，星洲助养学生 UPSR 获佳绩》。

我还以为那都是过港的孩子，是她曾经帮助过的孩子。不是。

我知道她为什么收藏那张剪报。她喜欢这样的故事，那些关于奋斗、苦尽甘来和知恩图报的故事。曾经她的孩子也凭借优秀的成绩获得社会的支持，她引以为傲，丝毫没有因为那里面深深隐藏着卑微的气息而面红耳赤。

那双魔力鞋或许此刻就在某个女人的脚上。我们也不再提起那些往事。但我从来没有忘记它们。

过去我没有做一个女儿能够（应该？）做的事，于是现在我做一个作家应该做的事。

我们这些“读书人”。

无论如何她都希望我们这些孩子能上大学。她只上到小学六年级，这是件令人遗憾的事。没有钱，那时候哪儿有钱呢？更何况她是个女孩子。女孩是不用上那么多学的。女孩毕了业就应该当个秘书或老师。找份“office 工”做，人们会这样说。就像她的干女儿普特丽，她就在我们隔壁的驾驶学校当秘书。

“再穷不能穷教育，再苦不能苦孩子”，这句话是我们这些下南洋的人的后代从小听到大的。她做到了，我想她已经尽力了。

那么，上完大学后要做什么呢？她不知道，有时候我们也无法确切知晓。

那最起码要嫁个大学生，要和大学生结婚。这是她能想到的“门当户对”。

如果我和一个只有初中或高中文凭的男人在一起，她会皱着眉说“合不来的，你俩思想不一样”。她不知道即便两个大学生在一块，两人的想法与观念也可能相差甚远。

离开乌拉港后，我也离开了那个与我“思想不一样”的男人。我和一个大学生结婚了。幸运的是，我们的思想一样，都是天真又感伤的理想主义者。

她是喜欢夏木的。虽然她说过父亲对我有一点失望，因为我竟然就这样把自己嫁（我讨厌这个字眼）了出去，嫁到这么远，还什么都没有（我们拥有的是爱情）。

她自己从来没有说过夏木一句坏话。从来没有。她是喜欢他的。

不过他们相处的时光其实并没有很多。我很少回去，她也只来看过我们三次。

她在金台西路的房子住过几天。那时夏木每天骑车到大望路上班。一天傍晚，因为我要给学生上课，所以她独自在家等我们。夏木比我早回家，回来的路上他到鸿光楼给她买了一份扬州炒饭。她喜欢吃炒饭。令人惊讶的是，她对那盒炒饭一直念念不忘，很久以后甚至还记得里头有五只虾仁。

晚上我们一边看电视，一边闲聊。说到激动时，她大笑着拍打夏木的腿。那是她惯有的动作。当她兴奋时，她会笑得合不拢嘴，不是假牙掉出来或嘴里的饭菜喷出来，就是一直拍打隔壁的人的胳膊或大腿。

“咱妈开始拍我了。”夏木微笑着说。

当夏木去她家时，轮到她尽地主之谊，给他炖肉吃。

“他喜欢吃肉，因为以前他们没什么肉吃。”这是最初中国人给她的印象。

我们第一次去过港吃早餐时，她叮嘱夏木不要告诉别人他是中国人。她和父亲会带他去看中国人的摊子。那年头总有一些中国人在路边摆摊卖各种中国货。手电筒，小收音机，“老头乐”，膏药贴。还有人拎着一蛇皮袋的唱片在茶餐室兜售。

后来就是另一番光景了。一下车她就迫不及待地对人说她的三女儿和她的中国女婿从中国回来了，而且还是从北京。她沾沾自喜或为我自豪的模样总是令我无所适从或不耐烦。

最后的时光，夏木来乌拉港看她。那是她最后一个春节。一个午后，他们俩坐在客厅里说话。她穿着一件柠檬黄螺纹棉质T恤，衣服夸张地突显出她那日渐肿胀的肚子，使她看起来就像电视上的饥饿的非洲孩子。那么瘦。

她一边吃塑料罐里的肉干，一边和夏木聊天。她的样子看起来是如此平静，昨晚的怨毒消失了，连疲惫都不见踪影。他们面对面坐着，慢慢地说着话。

她说我们应该搬到沙巴生活。她娓娓道来一个表兄的故事。一个生意失败，在沙巴重新开始，最终闯出新天地的男人的传奇故事。又是一个奋斗与苦尽甘来的故事。

“你们可以去沙巴，沙巴很好，那里的空气也很好。”她说。

她永远不会知道四年后我们果真离开了北京。不过我们没有搬到沙巴，而是回到了天津。这是我的中国生活的起点。我就是在这里遇见夏木的。

我热切希望这也是我的中国生活的终点。它不会是我最后的栖身之处。我终究是要离开的。

他们最后的告别是在医院里。正月十一，我们陪她回到吉隆坡医院。次日早晨她将接受第三次化疗，而我们会启程回北京。旅途即将结束。

我替她整理衣物，看着她喝下午茶。这次她住在一等房，因为二等房已经没有床位了。一等房的下午茶比较精致。她把茶包和速溶奶粉整齐地摆在桌上，然后喝光了一碗绿豆汤。她难得食欲不错。

我们离开时，她正躺在床上休息。她没有坐起来，只是目送我们离去。

“谢谢你啊，这次你花了很多钱。”这是她对夏木说的最后一句话。

夏木没有出席她的葬礼。她死的时候我们在镰仓，夏木没有马来西亚签证，只好一个人如游魂般继续我们的旅行。

我替夏木买了一个花圈给她。花圈上有浅绿色的蜘蛛菊花、淡黄色的非洲菊和白色的火鹤花。

灵堂里还有两个花圈，一个是殡葬公司送的，一个是我从前的学生的家长送的。灵堂仍然看起来空荡荡的。

最后一天，送她到仙境山庄前，尼姑请亲属轮流和她鞠躬告别。当尼姑召唤母亲的女婿时，只有大姐夫一个人走上前去。夏木不在。召唤外孙子女和孙子女时，大姐的两个孩子走上前。看着姐夫的侧影，看着两个孩子直挺挺的身躯，看着他们身后那寂寥的空地，刹那间我明白了“儿孙满堂”对我们这些华人的意义。

母亲在获悉自己生病后就急于把所有事安排妥当。她希望妹妹赶紧结婚，担心单身的二姐和没有孩子的我。她以为她能在离开之前安顿好一切。她以为这就是无后顾之忧。

就像我那些中国朋友的父母一样。

姐夫和两个孩子身后的那片空白对我来说仅仅是一片虚空。那对躺在那个狭窄、黑暗的盒子里的人呢？她能看到这一切吗？当尼姑一遍又一遍地呼唤她的名字时，她在哪儿？她在乎吗？悲伤吗？

在她永远沉睡于地底的第一个夜晚，躺在从前睡过的床上，我彻夜难眠，一直心惊胆战。我害怕屋后巷子里的狗吠声，害怕一个人睡。夏木不在。我泪流满面，身体里仿佛缺失了一大块无法言说的东西。仿佛灵魂缺了口，黑洞洞的。

那一刻，就在那短暂又匆匆的一瞬间，我突然想要一个自己的孩子，那欲望如此强烈，以致我丝毫没有想到为此所需要付出的代价，它所可能带来的甜蜜与哀愁。

一年后，她的中国女婿去看她。他身后是一条干净的柏油马路，不远处戴着草帽的印度园丁在除草、浇水。更远的地方有一座又一座的山。日光之下，整座墓园和我们的生活一样，空落落的。

我们来看看母亲抽屉里的那张剪报。那张二〇一四年十一月二十九日的《星洲日报》。它一直在裁缝铺的抽屉里，直到她去世后才被发现。

其实我无法确知她收藏它的原因。她应该不认识剪报上的那五个孩子。他们不是乌拉港或丫曳镇的孩子。

报道的标题是《以好成绩回报助养人，星洲助养学生 UPSR 获佳绩》。

这是个我非常熟悉的故事。太熟悉了，以致我不忍直视它。它带有柔软的暴力、忧伤与耻感。

我想说一个很久以前的故事。那时我是个研究生，和朋友在牡丹园合租了一间公寓。我那十一平方米的房间还包括一个狭长、阳光普照的阳台。我用在平日的傍晚或周末给两个香港孩子当家庭教师挣来的钱和贷学金交房租。

一个富裕的马来西亚商人捐了一笔钱给中国马来西亚商会。那笔钱被用来资助十个家境清寒的马来西亚留学生。你还得是个成绩优良的学生。这使我想到小时候在成绩册的评语栏上看到的“品学兼优”。

我得到了那笔助学金。人民币两千块。那是一个月的房租和两周的伙食费。为了这笔钱，我出席了颁发仪式。观赏两支舞蹈和听商会会长致辞后，我们这十个人便轮流上台领支票。

我耳根发热，身体僵直地站在台上和那个富商合影。从他手中接过支票时，他露出温和、得体的微笑。我没法不去看他。

从始至终我都被耻感深深围困。台上一直站着一个女孩，我认得她，她是当天的司仪，也是我朋友的姐姐。她穿着一件米白色的连衣裙，看起来是那么地落落大方、光鲜和自信。我想到从前自己也曾经是个司仪，也是个看起来大方、光鲜、自信的女孩。

那时我没有意识到我过着的是一种做作、虚荣又虚假的生活。没有人告诉我这些事。

我窘迫地站在台上。此时此刻，这个女孩就是母亲剪报上的孩子。她被曝露在日光之下，被要求自食其力、发愤图强，同时还要知恩图报。大人们希望她端端正正，永远不要怨天尤人，最好不要唉声叹气。

穷人的孩子早当家。又是一句说给剪报上的

孩子听的话。

也是在很久以前，那时夏木是个人类学研究生，他在课堂上听到一句对我俩来说都耸人听闻的话。

“这个世界是不平等的。”那个社会学教授在第一堂课时这样说道。

如果那天我也坐在教室里，我一定会面红耳赤，不知所措。这和我从小到大深信不疑的太不一样了。没有人告诉我这些。虽然过去我听过一个又一个改变命运的传奇故事，但我看见的似乎只有令人欢欣鼓舞的结局，没有看见造成悲剧的社会阶层原因。

在乌拉港，男人们喜欢唱“爱拼才会赢”。

在一张母亲的朋友赠送给她的肖像照（那个年代，朋友之间喜欢互赠照片）的背面上，照片的主人郑金花写下了“吃得苦中苦，方为人上人”这个句子。

郑金花是在一九七二年五月六日将这张照片送给母亲的。那年母亲十七岁。也许她并不知道母亲当年因为受不了种菜的苦而逃到马六甲，也不知道她的朋友在临终前最常把“很辛苦啊，我很辛苦”这句话挂在嘴边。

当我们悲叹我们的苦日子时，大人们会说“还有比我们更惨的人呢”。于是渐渐地，我们不再哀叹、抱怨，并羞愧于自己的软弱和不知足。

夏木母亲的微信签名就是“知足常乐”。

我从来不会说“知足常乐”这样的话。但上小学时，我会在朋友的毕业纪念册上写下“吃得苦中苦，方为人上人”，就像郑金花写给她朋友的那样。不知从何时起，那已经成为我们的信仰。

“不应沉迷享乐，万一以后吃不了苦，怎么办？”

“要把吃苦当吃补。”

现在我不在乎这些了。我想的是究竟是什么使有的人被迫承受那么多苦，还有，不管他们多么努力，终究难以摆脱或跨越他们出生时所属的阶层。

从前没有人告诉我这些事。说实话，如果我

有自己的孩子，我也不知道该怎么告诉他们这些事。

很难说母亲已经成功彻底跨越了她的阶层。尽管她逃离了菜农的命运，成了丫曳镇和乌拉港小有名气（她在丫曳镇，也就是更小的地方是更有名的）的裁缝，但她仍然没有忘记自己是丹绒加弄五支的女儿。

但她很少提到五支。她太忙了，根本无暇顾及那里的事。

她只在最关键的时刻提起它。

在她接受第二次化疗时，在病床上，她央求医生允许她在医院多留一晚，因为她不想回家。

“我们是从山顶来的，很远！”她对医生说。

她说的“山顶”是乡下。她是用闽南语说这个词的。

我愣了一下。怎么就这样说呢？乌拉港不是乡下呀。她这是又在博取怜悯吗？

她说的“山顶”是哪里呢？当时我想的是乌拉港和丫曳镇。我忘了五支了。

如果说丫曳镇是山顶，是乡下，那是真的。从前她的裁缝铺就在主街上，而主街就在山坡上。丫曳镇就是一座山。

不过，在那样的关键时刻，她想的会不会是丹绒加弄五支，她童年的家，她所来自的椰林深处？

肯定没有山。我记得的是一片幽暗、阴凉的树林，有许多七歪八倒的椰树和矮小的可可树。她童年的房子在林子里忽隐忽现。那是一间楼梯旁种着鸡冠花和凤仙花的高脚屋。多少个夜晚，我们在微风吹送过来的可可的酸涩中渐入梦乡，白天在浴室里被睁着圆鼓鼓眼睛的蟾蜍吓了一大跳。那阴暗的浴室是用木板、铁皮和洋灰搭建成的，和蟾蜍的皮肤一样冰凉、粗糙，我每次冲凉都要屏住呼吸，左顾右盼，生怕角落里突然出现蟾蜍或鬼魂。

母亲说的是那个五支，那个“山顶”吗？

在那间荒凉的高脚屋里的生活也是她迫切想逃离的。

医生不同意她在医院多住一晚。“家里当然比医院好啦。”他说。

医生不知道对她来说，医院比自己的家还要好，因为家里有个随时会爆发的男人。

外面比家里好。我也是这么想的。

在有钱人面前，她不是笑嘻嘻，就是客客气气的。

在去一个富人朋友家里做客时，朋友的丈夫说我是个精神紧绷的人。那是我第一次听到有人这样评论我。

在还不知道“阶层”这个残酷的真相时，我从来没有在意或没能意识到我所来自的地方究竟是怎么一回事。父亲的依约新村和母亲的五支在我眼里就只是两个地方，是闽南语的“所在”，是两个家族在南洋落地生根的地方。所有下南洋的人都是艰苦和不断挣扎的。我们都一样，没什么大不了的。

很久以前，我和朋友进城逛商场，当售货员问我们从哪儿来时，朋友谎称自己来自芙蓉，其实她的家乡是离芙蓉二十分钟车程的文丁。

“人家应该不知道文丁，所以我就说是芙蓉。”朋友后来解释道。

那时候我没有这样的顾虑。我就是乌拉港的女儿。

也许那时候我相信的是“英雄不问出处”。那时候我的生活是虚荣又虚假的。

那时我不管怎样都要离开乌拉港，哪怕是借钱。就像当年她迫切想离开丹绒加弄那样。她的父亲给了她一枚金戒指，以便她在走投无路时有个可以救命的东西。

我们并不认为借钱是可耻的，因为我们这样做是为了崇高的目的——上学，上学永远是正确又光明的事情。

我不知道以我们这样的家庭，我是不应该，也不配出国留学的。我仿佛从来没有认清我是谁。

“死要面子。”父亲总这样说母亲。

“死读书，读死书！”父亲总这样骂我。

从前我们的邻居是父亲的同事，那男人和父

亲都是公交车售票员，他的六个孩子早早就出外打工，女孩当工厂工人或百货商店售货员，男孩到修车厂当学徒。父亲也曾经希望我到工厂当女工，挣一点钱，积累生活经验，然后再成为一名教师。

母亲从来没有这样想。她尽可能让我们过上体面的生活，至少是和我们的才智相称的生活。

我每个新学年都会有新校服。在考获第一名时，我可以下楼到商店选任何想要的东西。我选了一个抱着婴儿、上发条后会一边缓缓摇晃身体、一边闭着眼哼勃拉姆斯的《摇篮曲》、然后睁开眼睛、低下头温柔地看着婴儿的金发娃娃。更多时候我选的是吉百利牛奶巧克力。我一回到家就坐在冰箱前吃掉一整块牛奶巧克力。

母亲也给自己缝制新衣裳。她穿的是各种款式的洋装，水手领衬衫配窄裙，船领半袖青蓝色印花上衣，灰色几何图纹套装。当我想起她时，她穿着的一定是她自己做的衣服。在梦中也是如此。

她穿着自己做的衣服走在丫曳镇和乌拉港的大街小巷，手上还拎着一把雨伞和一个手提袋。她穿的永远是平底皮鞋。只有在最后的那两个月，她的脚实在是太肿了，她才被迫放弃皮鞋，改穿橡胶人字拖。

我继承了她在意体面和尊严的性格。尽管我讨厌她迫不及待地向姨妈们展示我的那些奖状（她说她们不相信我得到了奖学金），但我还是会暗暗骄傲，并且愈发无法抑制地拒斥她和整个家族。

我感到格格不入，被无以名状的压抑感笼罩着。我神经紧绷，拘谨又小心翼翼。

现在我想摆脱我们的“山顶”。离开它已经不足以使我得到真正的自由。那里已经为我下了判决——你没有遵循先人的道路，没有“吃得苦中苦”，没有脚踏实地，你所做的一切都是徒劳无益的。

自我放逐。那又怎么样呢？

我还没告诉你她长什么样子。

一张颁发于一九七二年十一月十七日的国民证使我得以窥见她在山顶时的样子。那年她十七岁。不过，也许照片是更早的时候拍的，因为她看起来就像是个十四五岁的女孩，长得有点像二姐和妹妹。

这张黑白照上的女孩神情漠然，冷冷的，有一种不顾一切的倔强。她的上唇很薄，下唇格外饱满。眉毛弯弯的，不特别浓密，右眼比左眼小一点，是内双眼。鼻梁不高，但也不是塌鼻，鼻头圆圆的。那只鼻头随着年岁增长越来越大，是最令她满意的部位。她迷信面相学，相信鼻子的大小能预示一个人的成败与贫富。

“我的鼻子和成龙的一样！”她总这样说。

还有耳朵。耳朵的高低也能预示一个人的成败。耳垂肥厚能彰显福相。她喜欢看政治人士和明星的耳朵。

有一次，看电视新闻时，她凑上前去看槟城首席部长许子根的耳朵，发现他的耳朵果然很大，而且还是齐眉耳。

“看不到他的脚，他的脚一定也很大。”她还想看人家的脚！

还有一张黑白照。五个女孩坐在一座像是木板房的木结构建筑前面，那地方看起来像是一座楼房的天台。附近还站着五个人。除了一个穿白短裙的女孩，所有人都穿着深色喇叭裤。

五个女孩惬意地坐在木地板上，附近的男孩女孩也随意地站着。没有人望向镜头，仿佛拍照的人是不动声色地捕捉这群人的。

这群人就像是轮船甲板上的旅人，正在等待抵达目的地。喇叭裤和披头士发型，放松、无拘无束的感觉，这一切使我想到了自由又快活的嬉皮士。多么年轻的女孩。

我看见一个很像二姨妈的短发女孩。我没有见到母亲。她是那个照相的人吗？

在另一张照片中，她和三个女朋友并排站在一辆轿车旁，淡淡地微笑着。她穿着露出半截大腿的深色短裙，双腿细长又光滑。我从未见她穿那么短的裙子。

她是最高大的女孩，和我一样，总是班里最高大的女孩。

在一张应该是在照相馆拍的彩色照中，她留着披头士发型，穿着紫色背心连衣裙，戴着一副茶色墨镜，跷着二郎腿，一副踌躇满志的样子。牙齿又白又整齐，双腿还是很修长。她变得壮实了一点，双腿的线条接近记忆中她的腿的线条。她右手的无名指上戴着一枚戒指。那是她的婚戒吗？她结婚了吗？我从来没有见过她的婚戒。现在她长得越来越像我的妈妈了。我能认出她来。

不像那张更年轻时的沙龙照。我不认得那个女孩。那是个还算秀气又标致的美人儿。

很快她和父亲的结婚照出现了。这张婚纱照把她的（还有他的）生活切割成两半了。

后来的照片中，她把头发剪得更短了。她还烫发了，是那种我们那里的妇女喜欢（她们真的喜欢吗？）的短卷发。

国民证上的女孩的那头长黑发消失了。不过她早就不留长发了。她说过有一次她上厕所时及腰的长发不小心沾到粪便，于是她把头发剪短，再也不留长发。

生下第四个孩子后，她开始戴眼镜了。她一直戴银框眼镜。在我们家，只有我和她是近视眼。四年级那年，是她带我到旁边的永明眼镜店配眼镜的。现在我的近视度数已经高达一千两百度。几年前她做了激光矫视手术，但当理发师叫她看镜子里的自己时，她说她看不清自己的脸。

尽管她不再戴眼镜，但姐姐和弟弟还是把她那副旧眼镜放进她的棺木了。

除了近视，她身体的毛病还真不少。肠胃不好，牙齿不好，心脏虚弱，脚底经常长鸡眼疮，后来还患有高血压。

“别吵了，我血高，头疼！”

“他一直在身边吵，吵到我头痛，受不了！”父亲会为了钱在她面前一直闹。

一天晚上，整理她的抽屉时，我发现了我们

姐弟妹五人刚出生时的健康卡和她的产检卡。在怀第五个孩子的产检卡上，医生说她贫血，叮嘱她每天吃动物心脏、红肉、鱼肉、豆制品或鸡蛋。那是一九九四年，我即将小学毕业。我完全不记得有这件事。

我记起来上高中时她突然入院的事。她感到不适，胸口闷得慌。也许还有其他不舒服的地方，只是我不知道。她在医院住了两晚。回到学校时，生物老师问我她是不是进入更年期了，我不知道该怎么回答。

当时的我感伤又茫然。我还被那个词深深触动。Menopause。生物老师是个马来女人，她是用英语表述“更年期”的。那是我刚认识的生词，那么新，对我来说还很陌生。我无法想象母亲已经进入更年期。她的衰老与死亡是我从来没有想过的。

那年她四十四岁。我也快迎来我的更年期了吗？

和那些卡片一起的还有她的护照。上面显示

她的身高是一百六十八厘米。我一直以为她比我高一点点，或至少和我一样高。

一张摄于二十三年前的单人照。夏天她去台湾参加长女的毕业典礼。她的长女是这个家的第一个大学生，她自豪得很。她没有机会上大学，连中学都没得上，这是她这辈子的遗憾。我突然想到多年前她为了和朋友一起上夜校而买了一双白色的帆布鞋。当时的她也很兴奋。

照片中，她穿着女儿的学士袍，捧着女儿的白玫瑰花束，笑容满面地站在石栏边。仿佛她就是那个毕业的大学生。她戴着那副方形银框眼镜，样貌和我记忆中的一模一样。

然后她的样子变了。我回到乌拉港时，她已经非常瘦了，才四十七公斤。那是费尽力气才积攒到的重量。维娜医生说她的体重必须达到四十七公斤才能开始化疗。她的乳房不见了，眼袋沉沉的，两只手像鸟爪子那样狰狞。不变的是那只大鼻头和薄薄的嘴唇。

第一次化疗时，她还能从容地对着镜头微笑，一副胸有成竹的样子。第二次化疗时，她用一条薄毛巾盖在脸上。她在轻轻抽泣，不想看这个世界。我看不见她的脸。

最令人心碎的是夏木捕捉的那张脸。那是第三次化疗，也是我最后一次见到她真实活着的脸。那是最最忧伤的一张脸。

从此她的脸变得不真实了。我在远方透过他人的双眼看她的脸。我看家人发来的照片，看从前我和夏木拍的照片，并将它们保存起来。

她瘦得厉害，干巴巴的，比一个月前更幽怨和无助（她知道自己就快死了吗？）了。她的小腿和脚发黑、肿胀，那灰白、皲裂的皮肤使我想到多年前在北京动物园看到的那头庞大、衰颓的白犀牛。她常常垂头丧气，佝偻着坐着，让尤妮喂她吃饭。一个月前，她还有力量和心气独立进食，还能做不少事情。

但那时候她的双脚和腹部已经开始肿胀了，下体也因为频繁的腹泻和清洗越来越干燥。一天晚上，她叫我替她涂药膏。她背对着我，要我仔细察看她裸露的下身。一会儿她又转过身来。我照做了。我有点难堪，却又对眼前的一切充满好奇。

她出门时，有人会盯着她看。父亲说她的模样会吓到人。

最后几日，她躺在床上的样子越来越像她母亲从前的样子。仿佛一只干瘦、无助、瑟瑟发抖的老鼠被困在铁笼子里。

但我永远无法见到她未来的脸了。她永远停留在六十三岁。

我在她的葬礼上看她最后的面容。姐姐为她选了粉紫色碎花寿衣，那是她喜欢的颜色。额带和翡翠项链使她看起来像个老太太。这是想制造寿终正寝的印象吗?

遗体接运工揭开棺木上的玻璃，入殓师让我摸她的脸。我把手放在她的左脸颊上，然后又放在她的胸口上。她硬得像一块冷冰冰的钢铁。但她的嘴唇红红的，和以前一样薄，眼睛轻轻地闭着，看起来甚至比从前睡得更沉、更安稳。

别再牵挂什么了。

现在，我照镜子时，发现我的鼻头越来越圆，双唇越来越薄了。（“向住在镜子里我的母亲致意。那是我晚年的投影。”）有时候夏木会说我熟睡的样子有点像她。

当我久久地看着她的照片时，我感到恍惚，因为照片中的她的脸和我记忆中的不一样。这真的是她吗？姐姐们和我都有一样的感觉。

奇妙的是，随着日子流逝，她的脸又回来了。不只是她的脸，她的声音也回来了。从前她在我的梦里是没有声音的，现在她能说话了。

没有人可以阻止她说话。

三月三日的梦

一场在大礼堂举行的葬礼。昏暗。母亲穿着翠蓝色的寿衣，驼着背坐在椅子上。这是她的葬礼。她即将醒来，死人会有一次复活的机会，但只是很短的时间。一个男人高声召唤，“有什么话就赶快说！”招魂仪式马上开始。姐姐们和弟弟已经跪下了，我却还在犹豫不定。突然就醒来了。天已经亮了。

这是我最后一次梦见她沉默的样子。后来的梦里，她开始说话，但我总不记得她说了什么。醒来后她的声音会在我耳边回荡很久。但也只是声音，我始终捕捉不到那些句子。

在她的葬礼上，她就那样躺着，任人摆布，仿佛对一切都无动于衷。尼姑围着她转，人们一个个走上前去看她，和她告别，入殓师清洗她的身体，沙子和碎石渐渐淹没她。

亲人们慢慢走向停车场，离开她，不再回头。

不过，在她活着的时候，她也没法完完全全为自己做主。她不敢发声，害怕这、害怕那的。她最害怕的是父亲，怕他生气，怕他不高兴。

在她还有力气的时候，二姐问她想要什么样的葬礼，她迟疑不决。她想和她的父亲母亲一样，被安葬在基督教墓地里，但一想到这样做会导致她和她的丈夫永远分离，她就改变主意了。

“我要和爸爸在一起。”她说。

“我怕痛。”她拒绝火葬。

眼见她正在走向她的死亡，医生叫来了她的亲人们。这时候父亲开始谈论他们的死亡。

“以后你们火化我就行。”父亲说。

他拒绝带她回家。他认为倘若让她死在家里，以后我们会害怕回家。

最终她死在了病房里，死在她长女的怀里。她死的时候看起来没有一丝痛苦。

她的葬礼是佛教式的。黄色的布幔，遗像前面燃着两盏莲花灯，后面立着西方三圣像。据说这三尊菩萨会在极乐世界接引往生者（她去哪儿了？）。

门边有两盏白灯笼，一个写着“林门郑氏”，一个写着“享寿六十有八”。事实是她活了六十三年。

她就躺在黄色布幔后面。半夜时分，我抵达殡仪馆，她已经躺在那里一天了。我穿过布幔，屏住呼吸，轻轻地向她走去。

她是如此平静，被一条鲜红色的丝绸薄被裹着，安全又温暖。先前的幽怨和病恹恹都消失了。双脚的水肿也消失了，镶着白珍珠的寿鞋使她的脚看起来纤细又陌生。

一个又一个的人来看她。她的小学同学，她的亲戚，裁缝铺的朋友们。

“让她休息吧。”普特丽说。

五姨妈的女儿抱着她两岁的妹妹倚着棺木看她，小宝宝两只手不停地在玻璃上摸索着。

“大姨，大姨。”女孩对妹妹说。

她的弟弟妹妹们来了。这是一群有着不同信仰的人，道教徒、基督教徒和伊斯兰教徒，他们以自己的方式悼念她。二姨妈举着尼姑递给她的香，五姨妈和六姨妈挺直腰杆站着。我看着她的弟弟妹妹，看着我的姨妈和舅舅，突然感受到一种决绝和悲壮的力量。

她住在野新的时候，也是个去教堂的女孩。她和她的二姨妈一家一起去野新卫理公会做礼拜。离开马六甲后，她就不去教堂了，结婚后就更不去了。和许多人一样，父亲总说那是洋教，是“红毛人”的信仰。不过她似乎还是相信上帝的，也从来没有反对我们去教堂。

她曾经很喜欢我从教会带回来的一本薄薄的杂志。那一期杂志的主题是“宽恕”。那段时间她似乎正被某件事困扰，每晚临睡前都靠读那本杂志来获得慰藉和力量。

当她说“宽恕”时，她用的是“原谅”这个字眼。“我要看原谅的书”，“我那本原谅的书呢？”，她会这样说。

结婚后她信的是道教，但她只在神庙拜神，从来不在家里拜。在家里，拜神是男人的事，是他们的权利。到了神庙，女人就能和男人一样拜神、求签了。

她拿我们的衣服到神庙盖平安印。我的睡衣背面总是印着红色的“齐天大圣”。临睡前，她让我喝符水，相信神明会保佑我不被噩梦搅扰。

生病以后，她托她的妹妹到神庙祈福。她怀疑是父亲的某个行为导致她受诅咒。为了报复邻居，父亲曾砍倒邻居的一棵树。这样的事一点都不新鲜。他就是个敏感、冲动的男人。

仿佛她的信仰必须和报应紧密相连。

年初三，在家庭聚会上，六姨妈对我说起母亲确诊后，她去乌拉港看她的情景。当时六姨妈的健康也出了状况。她们在弟弟的房间相拥而泣。

“早知道我就做坏人，做坏人才会长命。”母亲说。

“我们怎么能做坏人呢？我们天生就是好人。”六姨妈说。

后来六姨妈带牧师去看她。她躺在床上，牧师安慰她，为她祈祷。等客人们走后，父亲责备她，说她不该让男人进她的房间。

一天晚上，她要我为她祈祷。她说话的样子很漠然，没有一点热切或焦急。我闭上眼，把手轻轻放在她的胳膊上，几乎是草草地祈祷了几句。我有点发窘，因为我和她从来没有一起祈祷过。那个晚上，我们真的相信信仰的力量吗？

她相信活人能和死人对话。她去问米[1]，回来后对我说她真的听到了祖父的声音。

我也想听她的声音。

但我做的只是一遍又一遍地看保存在计算机里的视频。一段是她在外婆的葬礼上致辞的录像，一段是妹妹拍下的她背乘法表的录像。

在她的葬礼上，灵堂里一直循环播送着佛曲。我突然想到了傅惟慈先生的遗体告别仪式。那一天，殡仪馆里放的是莫扎特的《安魂曲》。我走到隔壁的房间，要求殡葬承办人也播放《安魂曲》。“你在做什么？”弟弟走过来问道。我悻悻然地离开了那个房间。

是啊，我在做什么呢？我以为我是谁？我以为我们是谁？

在她入土为安时，尼姑嘱咐我们确保棺木摆正。弟弟用卷尺测量棺木和墓穴四壁之间的距离。

[1] 问米是一种具有神秘色彩的民间风俗，主要流行于广东、香港及东南亚华人地区，是一种可以使生者与亡者对话的仪式。

“风水不好会影响子孙后代。”后来弟弟说道。

我不知道她喜不喜欢她的葬礼。当她看到她的遗像由她的儿子捧着，灵车也只能让儿子一个人坐时，她会不会想到我们这些女儿？

殡葬司仪让我们跪在父亲面前。他念了一段话，代表我们向她承诺我们一定会孝顺、照顾父亲。他还让我们拥抱父亲。父亲泪流满面。我从来没有见过他这样流泪。他在为她悲恸吗？不知为什么，很久以后，当我想起他的眼泪时，我想到的是鳄鱼的眼泪。

离开墓园以前，舅舅和姨妈们带我去看外公和外婆的墓。他们就在离母亲不远的基督教墓地。那一刻也许我们都有一点点遗憾，感慨母亲最终没能和外公外婆葬在一起。

那又怎么样呢？我们又能做什么？这是她的选择，她从来都在为她的选择付出代价。这就是她的生活。

但说实话，我们什么都不知道。我们知道什么呢？

母亲死后不到一周，父亲就在客厅召开了一场家庭会议。那是我们唯一的一次家庭会议。

“妈妈没有留下什么东西给你们。”父亲说。他调整了一下坐姿，试图使自己看起来既端庄又诚恳。

冷不防地，他的脸上闪现尴尬的微笑，但那窘迫的笑容很快就被一抹淡淡的、谨小慎微的笑容所取代。父亲继续以惯常的缓缓的口吻说起自己的经济状况。

“总而言之，我的收入是不固定的。”在提到他从阳光花园的房子和楼下的理发厅两处地方收到的租金后，父亲这样说道。

阳光花园的房子是母亲和父亲在二十七年前买下的。房子在山坡下一片新开发的平地上，山坡上是我们丫曳镇的主街，我们一直住在主街上母亲的裁缝铺里。新房子是母亲和父亲唯一联名购置的产业，但父亲只是承担了很少的首付（六千？八千？）。

后来的年月里，父亲没有和母亲共同分担房

贷。几年后，母亲还将父亲的几千块钱还给了他。此后，虽然根据法律房子仍然是他们俩的共同财产，但母亲无疑已经视之为自己的产业。她喜欢在孩子面前提到它，热衷以它作为筹码，来换取一些她想要的东西。

“等我老了，我把房子给你，我们一起生活。”

“我要把房子改装成养老院，自己也住在里面。”

“你把房子卖了，然后你们四姐妹平分。”她最后一次提到那座房子是在大姐的家里。那时她已经病得很重，离开了乌拉港，暂住在大姐的家里。

如果母亲关于房子的最后那句话可以算作她的遗嘱的话，很遗憾，我们所有人都没有按照她的遗愿去做。

我们没有将母亲的话告诉父亲。一次都没有。

“你们每个人自己说每个月能给我多少钱吧。”父亲最后说道。像往常一样，他开始抱怨上涨的物价和生活的不易。

三个月后，父亲把房子卖给了一个印度人。他很幸运地遇到了一个富有的印度商人。那个商人以一张十五万的支票换走了母亲那座阳光花园的房子。

我不知道母亲知不知道就在她死后三个月，她的房子就被她的丈夫卖掉了。

这样做有什么意义呢，在一个人死后不到半年，急匆匆地卖掉一栋多年来被逝者视为命根子的房子？

而就在几个月前，当我们提出要卖掉房子，以便让母亲到私立医院治病时，恰恰是这个人一口咬定没有人会买那栋“破房子”。没有人。

母亲离世后，父亲开始频繁地给我发短信或打电话。起初是每隔两三天，然后是每周或每两周，最长的间隔时间是一个月。过去不是这样的。我们一直很少联系。

在电话里，他从未提到阳光花园的房子，那栋在母亲走后三个月就被他卖掉的房子。

最初的几个月，他经常和我聊马来西亚的时

局和他的生活。偶尔也会谈到我的写作。

“你还在给报纸写文章吗？”

“你最近写了什么呀？”

一次，他突然对我的经济状况和未来表现出异常的关心，但转瞬便以一种充满挑衅和嘲讽意味的语调说话：“我问你，你这样写，每个月能挣多少钱？”

很快他便将话题引向家用。原来过去的三个月，二姐忘了替我将家用汇到他的银行账户里了。那个午后，他的那通电话是为了告诉我这件事情，以一种令人沮丧、绝望、厌烦的方式，猛地击碎我那脆弱不堪的自尊和生活。

父亲似乎很快便为自己构筑了一种新生活，恢复了原有的活力与激情。他甚至喜欢上了电视购物，开始买各种东西。浴巾，空气炸锅，高压锅，旅行箱（尽管他很少出远门，也因为恐高和幽闭恐惧症而从来不搭飞机），面包机，电磁炉，还有一种能散发出冷雾气的电风扇。

他认得二十六个英文字母，但不懂任何英文

词汇。于是他一页页地拍下面包机和电磁炉的说明书和附赠的食谱，要我将它们翻译成中文。

那段日子夏木入院了，我每天往返于家和医院之间。我没有告诉父亲这件事（又有什么用呢？）。因此在去往医院的途中，在入睡前，我拖着疲惫不堪的身躯处理他的事情。倘若没有及时回复，他便会发短信或打电话催促我。

他还喜欢发来他做的饭菜或点心的照片。他一次又一次地描述他吃了什么，做了什么，如何想出用铝锅而不是电饭锅蒸米饭的好方法。

他还不止一次提到他想搬家和买车。他迫切地想要搬离乌拉港的房子，声称住在二楼太孤独了。

"我活到这么大都没有开过新车。我要享受。"在购房的事告吹之后，他开始琢磨买车的事。

所有这些愿望，他都指望我们——他的孩子掏钱替他一一实现，而不是花他自己的钱，花卖阳光花园的房子所得到的那笔钱。

幸亏最终那些计划都不了了之。幸亏。（你这样写，每个月能挣多少钱？）

他就像幽灵，蛰居在一栋巨大、神秘的房子里，阴郁、善变、孤傲，视自己的心情和需求决定要不要接待访客。他几乎可以说是视财如命，极度缺乏安全感。只有在必要时（他的“必要时”），他才会提到那栋他从祖父继承来的房子（他一直引以为豪，没有因为赌博而输掉的房子），仿佛是在提醒我们，别忘了他是个富裕的父亲，有着绝对的自由和权力去安排、决定在他死后，那座房子将会归谁或应该如何处置。

该如何告诉他，我们不在乎，一点都不在乎他的房子、他的产业，就像他从来不在乎我们究竟是通过什么途径借钱或申请奖学金出国留学？

在那场难忘的家庭会议之前，弟弟曾经建议我们五个孩子当面与他对质（对峙？），说出这些年来的伤害与不满。更重要的是，核实母亲曾经说的一切是否属实。那些威胁、辱骂、冷暴力及欺骗。

我们自然没有这样做。

在这个充斥着漠然、沉默、语言暴力的家庭里，我永远是那个沉默、懦弱的孩子。我为眼前的一切感到难堪，却不忍用苛刻、一针见血的词语戳破人的谎言、虚伪与自私。

“你很软弱。”一天，母亲突然这样对我说。

那时候我不确定她说的“软弱”是什么意思，毕竟她有时候会用错词汇。

她是在说我的懦弱吗？抑或是心肠柔软？无论如何，两者都是我的致命点。

有时候，我会禁不住去想到底为什么那些父亲会表现出如此强大的选择性遗忘。

他们往往有一种乍听之下格外虚弱的声音，仿佛毫无杀伤力，克制，小心翼翼，总是在试探或探问。但其实那是一个巨大的黑洞，一直就在不远处，像张着血盆大口的莱佛士花，血腥、残酷，仅仅是四周弥散着的毒气就足以吞没人。

因此你只能逃离。面对阴暗，你毫无力量去抵抗。但因为你的“软弱”，你表现得镇静自若，仿佛对一切都不在意，随时准备迎合对方，随便以什么去附和，沉默不语，微笑，含糊其词，躲闪的眼神。

然后，在挂掉电话后，你开始觉得昏沉，浑浑噩噩地度过下半天。那朵殷红的莱佛士花吞噬了你所有的精力和对生活所抱持的仅有的希望。

一直睡，你一直睡，直到窗外暮色降临，太阳退去。你挣扎着从被窝里爬出来，陷入一种恼恨、追悔莫及的情绪之中。

“为什么就不能勇敢一点呢？”你问自己。

虚伪。虚伪。懦弱。软弱。这时我会看见母亲轻轻推开虚掩的房门，驼着背走进来，什么都没说，只是漫不经心地看了我一眼。偶尔她也会变得善解人意，轻叹一口气，仿佛在表明她能够理解我为什么会这样，而她是和我站在同一阵线的，永远如此。

于是我泪流满面，再次宽恕了自己，软弱地原谅了这一切。

这一切结束了吗？

当我在五年前痛苦地写下第一个句子——“我应该从去年夏天说起”，我以为这段旅程很快就会终结。“我为她感到遗憾，深深地遗憾。”那时我常常这样想。我一边写，一边陷入对从前的追忆之中。过去的生活很遥远，但它就在那里，我要向它走去。仿佛那是一个蓝色的旋涡，一旦穿过它，一切就会变得清晰、澄澈起来。

母亲死后的最初几个月，当我经过超市里的成人尿布时，我的心会猛然抽搐一下。就像大姐在第一个没有她的母亲节那样。那个母亲节，一听到收音机传来关于母亲节的消息，大姐就马上切换到另一个频道或关掉收音机。

葬礼结束后，我们回到乌拉港，家里静悄悄的。二姐说这种感觉就像是母亲没有死，她只是出门旅行了。那就当她去天堂旅行了，我说。

在最后的日子，我看见她先是顽强地抗争，然后坠入无尽的绝望之中。最后一次陪她去医院接受化疗时，为了让她在没有我们的日子里也可以独自处理一些事情，我故意不替她整理要带去医院的衣物。抵达病房后，我才发现她没有带洗漱用品。离开以前，我教她怎么接听手机来电。我们给了她一部旧手机，这样她就不需要借用医院的电话了。晚上，我在酒店给她打电话，她没有接。当我回到病房时，发现她一脸漠然，一副什么都无所谓的样子。那部手机就在病床旁的柜子里，她根本没有拿出来。

我感到沮丧又无力。第二天，我离开了她，去了机场，回到我自己的生活里。

一年又一年，每当冬日之光悄无声息地降临时，我拉上窗帘，独自躺在床上，紧绷的身体一下子松弛下来。我疲惫至极，昏昏沉沉的。那个时候，我总是想起她，为着自己无法像她那样马不停蹄、用力地生活而谴责自己。

看着夏木为她拍的最后的照片，我泪流满面。那是一个绝望、忧伤至极的女人的脸，仿佛她已经被这个世界彻底抛弃。

“让她休息吧。”看着她永远沉睡的样子，普特丽说道。

“让她走吧。”在镰仓的那个午后，当郑医生告诉我如果继续抢救她，她会感到痛苦时，我这样对他说道。

那个永远精力充沛、艰难地隐忍一切的女人不在这个世界了。

她把许多东西留在了身后，留在乌拉港的房子里。

三个月前，我回乌拉港过春节，那是她死后我第一次回去过年。我还去了马六甲，见到了她的表亲们。年初三，我去了五姨妈的家，和她的妹妹们围着餐桌回忆起从前的她。

二姨妈说母亲从野新回到丹绒加弄的那天，自己和外公外婆在菜园里干活，她向他们款款走来，他们差点认不出她来。她变得丰满又时髦了。

我们和父亲到后面的餐馆吃印度抛饼。老板问父亲他的妻子去哪儿了。他不知道她已经离世五年多了。

“她总是行色匆匆的。”老板说。

我看见了许多东西。外太婆的房子、母亲的

蓝护照、母亲公司当年的注册表格、用纸包着的灵车上的遗像、母亲的病理报告和医学影像报告、她的淋巴结的照片、她更多的账本，还有她的胆结石切除手术的光盘。直到现在我还不敢打开来看。上次回去是四年半前，那时我为了参加文学奖颁奖典礼而匆匆往返，或是根本没有力气好好地翻看她的遗物。

> 切片显示多个淋巴结，其中许多淋巴结出现广泛的肿瘤转移，正常结构遭到破坏，周围组织受到侵袭。肿瘤细胞呈中度至明显的多形性和高色素核，呈小团块排列，还有不规则的腺体结构，伴有中度反应性纤维化。最大的肿瘤面积为十一毫米。

她的淋巴结看起来像月球陨石，像碎裂、白化的珊瑚。

她的蓝护照显示她是在一九七四年四月十日那天领到的。或者是她的护照是在那天制作好的。

四天后她就去新加坡学做衣了。

从新加坡回来后，在一九七四年九月十五日那天，她花了二十五块钱注册了她的公司——锦裳裁剪女学院。她的初衷是想开一家学院，而不仅仅是裁缝铺。

我从许多照片中看到了她的意气风发。我也想要那样的踌躇满志。那个意气风发的年轻女人为什么不见了？

在一本蓝色的记事本上，她记下了从一九八六年到二〇一七年给车衣女工们的月薪。“二〇一八年”那页是空白的。

客厅的玻璃橱里摆着几张照片，她的婚纱照也在那里。还有一个纪念盘，是她九年前从上海带回来的，上面印着她和朋友在黄浦江的合影。那次她随旅游团去上海，我和她在豫园附近匆匆见了一面。我不知道她带回来这样一个盘子。

守丧的第二晚，我和妹妹在二姐家过夜，二姐给我们看她留在身后的物件，看到那盒冰箱贴，我暗暗吃了一惊。那是从不同城市带回来的冰箱贴，还有也许是弟弟从欧洲带回来给她的冰箱贴。我从来不知道她喜欢冰箱贴，也不知道她把它们收在盒子里是因为父亲不允许她将它们贴在冰箱上。

她最后两台缝纫机一直在我们姐妹们的房间里。它们一直是父亲攻击二姐的武器。它们最终在两个月前被搬到二姐的家，彻底离开了父亲的房子。

她的浅黄色的招牌被父亲搁在裁缝铺的窗边。

锦裳裁剪女学院

礼服出租 男女服装

她的裁缝铺成了父亲的新客厅。父亲在那里放了新的双人沙发和音响，还有数不清的杂物。他和他的朋友就坐在那里听歌、聊天。

他买了一辆新汽车。他说他要享受生活。

他希望我们这几个孩子和他一起买一间单层排屋，他想在那里度过晚年。

她留下了她的丈夫给我们。直到现在她的丈

夫还在折磨我们。

“为什么妈妈要留下爸爸给我们？”

“为什么上帝给我们这样的爸爸？”

为什么生活会变成这个样子？

前天凌晨，三姑在睡梦中去世了。三姑是父亲和母亲的媒人。我这才从讣告中知道她的名字是林玉秀。两个月前，我刚从表姐那儿知道二姑的名字是林玉枝。我不知道大姑的名字，只记得从前大家都称呼她“查某”。

林门郑氏。

母亲的死亡证书上有她的名字。她死于二〇一八年四月五日下午两点零五分，死因是晚期胆囊癌。

她的名字是郑锦。

文
景

Horizon

社科新知　文艺新潮

林门郑氏

［马来西亚］林雪虹 著

出 品 人：姚映然
责任编辑：王　萌
营销编辑：杨　朗　高晓倩
装帧设计：山川制本

出　　品：北京世纪文景文化传播有限责任公司
(北京朝阳区东土城路8号林达大厦A座4A 100013)
出版发行：上海人民出版社
印　　刷：山东临沂新华印刷物流集团有限责任公司
制　　版：北京楠竹文化发展有限公司

开 本：880mm × 1230mm　1 / 32
印 张：8.5　　字 数：106,000
2025年7月第1版　　2026年2月第6次印刷
定 价：49.00元
ISBN：978-7-208-19553-0 / I · 2214

图书在版编目（CIP）数据

林门郑氏 / (马来) 林雪虹著. -- 上海 : 上海人民出版社, 2025. -- ISBN 978-7-208-19553-0

Ⅰ. I338.65

中国国家版本馆CIP数据核字第2025DC1468号

本书如有印装错误，请致电本社更换 010-52187586

本作品部分内容由单向街基金会水手计划资助